CATALOGUE

DES

LIVRES IMPRIMÉS & MANUSCRITS

DE LA

BIBLIOTHÈQUE

DE

SAINT-CLAUDE

(JURA)

SAINT-CLAUDE

IMPRIMERIE TYPOGRAPHIQUE DE V. ÉNARD

—

1885

CATALOGUE

DE LA

BIBLIOTHÈQUE DE Sᵀ-CLAUDE

CATALOGUE

DES

LIVRES IMPRIMÉS & MANUSCRITS

DE LA

BIBLIOTHÈQUE

DE

SAINT-CLAUDE

(JURA)

SAINT-CLAUDE

IMPRIMERIE TYPOGRAPHIQUE DE V. ÉNARD

—

1885

CATALOGUE

DE LA

BIBLIOTHÈQUE DE Sᵀ-CLAUDE

I. — DROIT

1 Recueil alphabétique des questions de droit qui se pré-
sentent le plus fréquemment dans les tribunaux, etc.
4ᵉ édit., par Merlin. — Paris, *Garnery et Roret*,
1827. 27 vol.

2 Cours de droit commercial, par Pardessus, 5ᵉ édition.
— Paris, *Nève*, 1841. 6 vol.

3 Traité des servitudes ou services fonciers, 8ᵉ édition,
par Pardessus. — Paris, *Thorel et Guilbert*, 1838.
2 vol.

4 Code civil annoté des dispositions interprétatives, mo-
dificatives et applicatives, 1800-1832, par Sirey et
Villeneuve. — Paris, *Tenré et Pouleur*, 1833. 2 vol.

5 Corpus juris civilis quo jus universum justinianeum
comprehenditur, Pandectis, ad Florentinum Dionysii
Gothofredi. — Lugduni, *Laurentii Anisson*, 1650.
2 vol.

5ᵇⁱˢ Autre édition du même ouvrage, 1652.

6 Œuvres de Pothier, contenant les traités du droit français. Nouv. édit. publiée par Dupin. — Paris, *Ch.
Béchet*, 1835, 11 vol.

7 Traités de la mainmorte et des retraites, par Dunod.
— Dijon, *Fay* ; Besançon, *Nicolas Charmet*, 1733.
1 vol.

8 Théorie du code pénal, par Chauveau Adolphe et Faus-
tin Hélie, 2ᵉ édit. — Paris, *Ed. Legrand*, 1843. 6 vol.

9 Le Code forestier conféré et mis en rapport avec la législation qui régit les différents propriétaires des bois,
par Curasson. — Paris, *Gauthier frères*, 1828. 2 vol.

10 Traité de la compétence des juges de paix, par Curasson, 2ᵉ édition revue et augmentée. — Paris, *Joubert*; Dijon, *Lagier*, 1841. 2 vol.

11 Droit administratif, par Cormenin, 5ᵉ édition. — Paris, *Gustave Thorel*, 1840. 2 vol.

12 Les Lois de la Procédure civile, par Carré. 3ᵉ édition revue par Chauveau Adolphe. — Paris, *Delamotte*, 1842, 7 vol.

13 Traité sur l'état des personnes et sur le titre préliminaire du Code civil, par Proudhon. 3ᵉ édition augmentée par Valette. — Paris, *Joubert ;* Dijon, *Lagier*, 1842. 2 vol.

14 Traité des droits d'usage, servitudes réelles, du droit de superficie et de la jouissance des biens communaux et des établissements publics, par Proudhon. 2ᵉ édition annotée par Curasson. — Dijon, *Lagier*, 1836. 8 vol.

15 Traité du domaine public ou de la distinction des biens, etc., par Proudhon. — Dijon, *Lagier*, 1834. 5 vol.

16 Traité du domaine de propriété ou de la distinction des biens, etc., par Proudhon. -- Dijon, *Lagier*, 1839. 3 vol.

17 Commentaires sur la loi des successions, formant le titre 1ᵉ¹ du Livre IIIᵉ du Code civil, par Chabot. Nouv. édit. avec notice et annotations, par Mazerat. — Paris, *Durand*, 1839. 2 vol.

18 Du droit civil expliqué suivant l'ordre des articles du Code : De la vente, par Troplong. 3ᵉ édition. — Paris, *Ch. Hingray*, 1837. 2 vol.

19 Le droit civil expliqué suivant l'ordre des articles du code : De l'échéance et du louage, par Troplong. — Paris, *Hingray*, 1841. 3 vol.

20 Droit civil expliqué suivant l'ordre des articles du Code : Des privilèges et hypothèques, par Troplong, 3ᵉ édit. — Paris, *Hingray*, 1838. 4 vol.

21 Droit civil expliqué suivant l'ordre, etc. : De la prescription, par Troplong. 3ᵉ édit. — Paris, *Hingray*, 1838. 2 vol.

931 Privilèges et hypothèques ; commentaires de la loi du 23 mars 1855, sur la transcription, par Troplong. -- Paris, *Hingray*, 1856. 1 vol.

367 Dictionnaire de législation usuelle, contenant les notions du droit civil, commercial, criminel et administratif, etc., par Chabrol-Chaméane. — Paris, 1835. 2 vol.

437 Dictionnaire général et raisonné de législation et de jurisprudence en matière civile, commerciale, etc., par Arm. Dalloz jeune et plusieurs avocats et jurisconsultes. — Paris, aux bureaux de la *Jurisprudence générale.* 7 v.

768 Répertoire méthodique et alphabétique de législation, de doctrine et de jurisprudence, etc. Nouv. édition, précédée d'un essai sur l'histoire générale du droit français, par Dalloz aîné et Arm. Dalloz. — Paris, aux bureaux de la *Jurisprudence générale.* Tomes 1 à 44. (Manque tome XIII).

657 Œuvres du chancelier d'Aguesseau. —. Paris, chez les *Libraires associés,* 1789. 13 vol.

658 Œuvres de Cochin, contenant le recueil de ses mémoires et consultations. Paris, *Dénully,* 1752. 6 vol.

774 Les cinquante livres du Digeste ou des Pandectes de l'empereur Justinien, traduits en français par Hulot et Berthelot. — Metz, *Behmer et Lamort;* Paris, *Rondonneau,* an XIII. 7 vol.

500 Répertoire universel et raisonné de jurisprudence civile, criminelle, canonique et bénéficiaire. Ouvrage de plusieurs jurisconsultes, publié par Guyot, 2ᵉ édit. — Paris, *Panckoucke,* 1776. 77 vol. (Manque tomes IV et XIII).

553 Commentaires des lois de la presse et de tous les autres moyens de publicité, par de Grattier. — Paris, *Alph. Delhomme,* 1847. 2 vol.

485 Droit anglais ou résumé de la Législation anglaise sous la forme de codes, avec dictionnaire de termes légaux, techniques, etc., par Alex. Laya. — Paris, *Imprimeurs réunis,* 1845. 2 vol.

1089 Du mandat de la commission et de la gestion d'affaires, par Domenget. — Paris, *Cotillon,* 1862. 2 vol.

1247 Essai sur la non-rétroactivité des lois, par Miltiade Théodosiadès. — Paris, *Abel Pilon,* 1866. 1 vol.

528 Considérations générales sur la législation des travaux publics, par Cordier. — Paris, *Carillan-Gœry,* 1829. 1 vol.

1220 Jurisprudence venète, par D. Manin ; préface et traduction par Ed. Millaud. — Paris, *Guillaumin et Cie*,
1867. 1 vol.

1099 Donneau, sa vie et ses ouvrages. L'école de Bourges ;
synthèse du droit Romain au XVIe siècle, etc., par
Eysselle ; traduit du latin de l'auteur, par Simonnet.
Paris, *Derache*, 1860. 1 vol.

378 Lois des communes, extraites de la collection in-4 dite
du Louvre et du Bulletin des lois, recueil composé par
Dupin. — Paris, *Guillaume*, 1823. 2 vol.

440 Manuel du droit public ecclésiastique français, contenant les libertés de l'Eglise gallicane, en 83 articles,
etc., par Dupin. — Paris, *Videcoq*, 1844. 1 vol.

518 Code civil du canton de Vaud, édit. conforme à l'édit.
officielle. — Vevey, *Lœrtscher*, 1821. 1 vol.

410 Répertoire de législation et de jurisprudence en matière
de brevets d'invention, par Ad. Huard. — Paris,
Cosse et Marchal, 1863. 1 vol.

713 L'Ecole des communes, bulletin du contentieux, revue
administrative consacrée aux travaux des maires, etc.
— Paris, *Paul Dupont*, 1852. 1 vol.

1090 Recueil de lois, décrets, ordonnances, arrêtés, circu-
laires, etc., concernant les Bibliothèques publiques
communales, etc., par Ulysse Robert. — Paris,
Champion, 1883. 1 vol.

714 Supplément au Manuel du recrutement, publié avec
l'autorisation du Ministre de la guerre. — Paris, impr.
royale, 1822. 1 vol.

451 Le Jury en matière criminelle, origine de son institution, etc., par Jules Lévy. — Paris, *Maresq ainé*,
1875. 1 brochure.

103 Des usines sur les cours d'eau; développements sur les
lois et règlements qui régissent cette matière, par
Nadault de Buffon. — Paris, *Carillan - Gœry et
Dalmon*, 1841. 2 vol.

438 Etudes historiques et critiques sur la législation civile
et criminelle en France, par Couturier, de Vienne. —
Paris, *Imprimeurs réunis*, 1844. 1 vol.

1283 Dictionnaire historique et pratique de la voierie, de la
police municipale, etc., cours et courettes, par Liger.
— Paris, 1867. 1 vol.

1226 De la propriété en droit romain et en droit français, par H. Hastron. — Poitiers, *Bernard*, 1866. 1 vol.

305 Origines du droit français, cherchées dans les symboles et formules du droit universel, par Michelet. — Paris, *Hachette*, 1837. 1 vol.

1216 Traité de l'expropriation pour cause d'utilité publique, par le chevalier de Lalleau, augmenté par Jousselin, 6ᵉ édit. annotée par Périn. — Paris, *Cosse et Marchal*, 1866. 2 vol.

538 Mémoires sur l'organisation de l'enseignement du droit en Hollande, etc., par Blondeau. — Paris, *Videcoq*, 1846. 1 vol.

545 Traité des diverses institutions complémentaires du régime pénitentiaire, par Bonneville. — Paris, *Joubert*, 1847. 1 vol.

483 Essai sur l'administration municipale des Romains, par Migneret. — Paris, *Delamotte*, 1846. 1 vol.

609 Manuel de droit rural et d'économie agricole, aperçu historique, etc. 2ᵉ édition avec appendice, par J. de Valserre. — Paris, *Thorel*, 1848, 1 vol.

790 Recueil des usages locaux ayant force de lois dans le département des Deux-Sèvres, avec un rapport à la Société d'agriculture de Niort, par Sauzeau. — Niort, *Robin*. 1 vol.

455 Traité théorique et pratique du droit criminel français, ou Cours de législation criminelle, par Rauter. — Paris, *Hingray*, 1836. 2 vol.

1179 La Justice administrative en France, ou Traité du contentieux de l'administration, par Rodolphe Dareste. — Paris, *Durand*, 1862. 1 vol.

515 Théorie des lois politiques de la monarchie française, par Mˡˡᵉ de Lézardière. Nouv. édition augmentée par le vicomte de Lézardière. — Paris, *Imprimeurs réunis*, 1844. 4 vol.

559 Les Codes français collationnés sur les éditions officielles, par L. Tripier. — Paris, *Cotillon*, 1848. 1 vol. et 1 supplément.

516 Commentaires sur les lois anglaises, de Backstone; trad. de l'Anglais, par M. D. G... sur la 4ᵉ édit. — Bruxelles, *Bourbers*, 1776. 6 vol.

655 Dictionnaire ou Traité de la police générale des villes, bourgs, paroisses, etc., par de la Poix de Fréminville. Nouv. édit. — Paris, 1771. 1 vol.

2017 Les Plaidoyez et Harangues de Monsieur le Maistre, cy-devant avocat au Parlement et conseiller du roy, donnés au public par Jean Issali, 7ᵉ édit. — Paris, *Daniel Orthemels*, 1688. 3 vol.

859 Recueil des édits et déclarations du roi, lettres-patentes, arrêts du conseil, etc., depuis la réunion de la Franche-Comté à la couronne. — Besancon, *Daclin*, 1771. 6 vol.

520 Les lois civiles dans leur ordre naturel ; le droit public et *legum delectus,* par Domat, avocat du roy. — Paris, *Michel-Etienne David*, 1735. 2 vol.

656 Traité de la police où l'on trouvera l'histoire de son établissement, par Delamare, conseiller-commissaire du roy au Chatelet. 2ᵉ édit. — Paris, *Michel Brunet*, 1722. 4 vol.

858 Recueil des ordonnances et édictz de la Franche-Comté de Bourgogne, faict par messire Jean Petremand, conseiller en la cour souveraine du Parlement à Dôle. — Dôle, *Antoine Dominique*, 1619. 2 vol.

1026 Decisiones celeberrimi sequanorum Senatus Dolani, etc., authore Joanne Grivello Sequano, Domino de Perrigny. — Divione, *Arnaldum Joannem-Baptistam Augé,* 1731. 1 vol.

650 In consuetudines generales comitatus Burgundiæ, authore Henrico Bogueto, Dolano, magno apud San-Claudianos judice. — Lugduni, *Pillehotte*, 1604. 1 v.

II. — LITTÉRATURE

1° LITTÉRATURE FRANÇAISE

301 Œuvres complètes de J.-Jacques Rousseau, nouvelle édition, avec les notes historiques et critiques de tous les commentateurs. Paris, *Armand Aubrée*, 1832. 17 vol.

1072 Œuvres complètes de Duclos, précédées d'une notice sur sa vie et ses écrits, par Auger. — Paris, *Janet et Cotelle*, 1821. 9 vol.

939 Œuvres du seigneur de Brantôme, nouv. édition, avec remarques historiques, critiques. — Londres, 1779. 15 vol. (Manque tome 3).

300 Œuvres de Volney, 2e édit., avec notice sur la vie et les écrits de l'auteur. — Paris, *Froment et Coste*, 1826. 8 vol.

335 Voyage du jeune Anacharsis en Grèce, vers le milieu du IVe siècle avant l'ère vulgaire, par Barthélemy. — Paris, *Philippe*, 1837. 7 vol.

335bis Œuvres diverses de Barthélemy, nouv. édit. augmentée de l'essai sur la vie de Barthélemy, par Nivernois. — Paris, *Firmin-Didot*, 1823. 2 vol.

329 Œuvres complètes de Voltaire. — Paris, imprimerie de la *Société littéraire typographique,* 1785. 92 vol.

329bis Œuvres choisies de Voltaire. Édition du centenaire, 30 mai 1878. — Paris, 1878. 1 vol.

324 Œuvres de Montesquieu, avec les notes de tous les commentateurs, édit. publiée par Parelle. — Paris, *Lefèvre,* 1826. 8 vol.

334 Œuvres poétiques de J.-B. Rousseau, avec un commentaire, par Amar. — Paris, *Lefèvre,* 1824. 2 vol.

974 Collection complète des travaux de M. Mirabeau l'aîné, à l'Assemblée nationale, précédée de tous les discours et ouvrages du même auteur prononcés ou publiés en Provence pendant le cours des élections, par Etienne Méjan. — Paris, *Vve Lejay,* 1791. 5 vol.

337 Œuvres de Delille, avec notice sur sa vie et ses ouvrages, par Tissot. Paris, *Furne,* 1833. 10 vol.

336 Œuvres complètes de Bernardin de Saint-Pierre, augmentées de divers morceaux inédits, mises en ordre
et précédées de la vie de l'auteur, par Aimé Martin.
Paris, *Lequien fils*, 1830. 12 vol.

448 Essai sur la littérature anglaise et considérations sur
le Génie des hommes, des temps et des révolutions,
par Châteaubriand. — Paris, *Furne*, 1837. 2 vol.

449 Le Paradis perdu de Milton ; traduction nouvelle par
Châteaubriand. — Paris, *Furne*, 1837. 2 vol.

340 Œuvres complètes de Lamartine, nouv. édition, avec
portrait de l'auteur et gravures. — Paris, *Furne et
Cie*, 1842. 8 vol.

1232 Fior d'Aliza, 41e vol des œuvres complètes de Lamartine. — Paris, 1866. 1 vol.

326 Théâtre français au Moyen âge, publié d'après les
manuscrits de la bibliothèque du Roi, par Montmer-
qué et Michel. — Paris, *Firmin Didot*, 1839. 1 vol.

491 Contes de Charles Nodier, avec eaux-fortes par Tony
Johannot. — Paris, *Hetzel*, 1846. 1 vol.

333 Petits poètes français depuis Malherbe jusqu'à nos
jours, avec des notices sur chacun d'eux, par Prosper
Poitevin. — Paris, *Aug. Desrez*, 1838. 2 vol.

321 Œuvres complètes de Fénelon, archevêque de Cambrai,
publiées d'après les manuscrits originaux, par le cardinal de Bausset. — Paris, *Le Clère*, 1820. 22 vol.

321bis Correspondance de Fénelon, publiée d'après les manuscrits originaux et inédits. — Paris, *Le Clère*, 1829
13 vol.

321ter Histoire de Fénelon, publiée d'après les manuscrits
originaux, par le cardinal de Bausset. — Paris, *Le
Clère*, 1827. 4 vol.

359 Œuvres de J.-B. Poquelin de Molière, édit. stéréotype.
— Paris, *Vve Dabo*, 1824. 5 vol. (Manque tome 3).

320 Essai sur l'éloquence de la chaire, par le cardinal Maury. — Paris, *Gayet*, 1827. 3 vol.

394 Discours et opinions de Mirabeau, avec notice sur sa
vie, par Barthe, avocat. — Paris, *Kleffer et Caunes*,
1820. 3 vol.

327 Œuvres de P. Corneille, avec les commentaires de Voltaire. — Paris, *Renouard*, 1817. — 12 vol.

338 Œuvres de Boileau-Despréaux, avec un commentaire de M. de St-Surin, avec gravures. — Paris, *Blaise*, 1821. 4 vol.

328 Œuvres complètes de J. Racine, revues sur toutes les éditions de ce poète, avec les mémoires de L. Racine, ornées de gravures. — Paris, *Barda*, 1830. — 5 vol.

678 Théâtre complet de Mme Ancelot, nouv. édition ornée de gravures ; dessins de Mme Ancelot. — Paris, *Beck*, 1848. 4 vol.

323 Essais de Montaigne, nouv. édit. par Amaury Duval, avec notes et commentaires. — Paris, *Chassériau*, 1820. 6 vol.

325 Œuvres de Rabelais, *(édit. variorum)*, augmentée de pièces inédites, des Songes drolatiques de Pantagruel, suivies d'un commentaire historique et philologique, par Esmangart et Eloi Johanneau. — Paris, *Dalibon*, 1823. 9 vol.

331 Œuvres de La Fontaine, nouv. édit. revue et accompagnée de notes par Walckenaer. — Paris, *Lefèvre*, 1822. 6 vol.

852 Théâtre complet de M. de Voltaire. — Caen, *Leroy*, 1788. 9 vol. (Manque tome 3).

853 Œuvres de J.-B. Rousseau, nouv. édit., à Bruxelles, se vend à Paris, *Didot*, 1753. 4 vol.

339 Œuvres complètes de M. de Châteaubriand, édition complète renfermant le Congrès de Vérone et l'Essai sur la Littérature anglaise, etc. — Paris, *Furne et Cie*, 1841. 25 vol.

537 Fables par le baron de Stassart, 7e édit., augmentée d'un huitième livre. — Paris, *Paulin*, 1847. 1 vol.

1116 Œuvres complètes du baron de Stassart, accompagnées d'une notice biographique et de l'examen critique sur les ouvrages de l'auteur, par Dupont Delporte, nouv. édition. — Paris, *Firmin Didot*, 1855. 1 vol.

417 Vœux d'un Solitaire, pour servir de suite aux Etudes de la nature, par Bernardin de St-Pierre. — Paris, *Didot et Méquignon*, 1789. 1 vol.

941 Satire ménippée de la vertu du catholicon d'Espagne, et de la tenue des Etats de Paris, à laquelle est ajouté un discours sur l'inteprétation du mot de Higuiero del Infierno et qui en est l'auteur. Edit. avec figures en taille douce. — Ratisbonne, *Mathias Kerner*, 1726. 3 vol.

458 La Ligue, scène historique, par Vitet. — Paris, *Ch. Gosselin*, 1844. 2 vol.

535 Choix de discours et d'opinions de M. le comte de Siméon. — Paris, *Hacquart*, 1824. 1 vol.

1188 Sainte Tryphine et le roi Arthur; mystère breton en deux journées et huit actes, traduit par Luzel ; texte revu d'après d'anciens manuscrits, par M. l'abbé Henry. — Quimperlé, *Clairet*, 1863. 1 vol.

462 La Popularité, comédie en 5 actes en vers, par Casimir Delavigne. — Paris, *Delloye*, 1839. 1 vol.

304 Esquisse d'un tableau historique des progrès de l'Esprit humain, ouv. posthume de Condorcet, 3e édition. — Paris, *Agasse*, 1797. 1 vol.

460 Du courage civil, par Constant Berrier. — Paris, *Paul Dupont*, 1836. 1 vol.

322 Œuvres complètes de Bossuet, évêque de Meaux ; collection du Panthéon littéraire. — Paris, *Lefèvre, Firmin Didot*, 1836. 12 vol.

256 Œuvres complètes de Brantôme et d'André, vicomte de Bourdeille, édition avec notices littéraires, par Buchon. — Paris, *Société du Panthéon littéraire*, 1843. 2 vol.

2° LITTÉRATURE GRECQUE

316 Cours de littérature grecque ou Recueil des plus beaux passages de tous les Auteurs grecs les plus célèbres dans la prose et dans la poésie, avec la traduction française, par Planche. — Paris, *L. Hachette*, 1827. 7 vol.

315 Examen critique des plus célèbres écrivains de la Grèce, par Denys d'Halicarnasse, traduit en français par Gros. — Paris, *Brunot-Labbe*, 1826. 3 vol.

209 Bibliothèque historique de Diodore de Sicile, traduite du grec, par Miot. — Paris, *Imprimerie royale*, 1834. 7 vol.

213 Description de la Grèce, de Pausanias, traduction nouvelle par Clavier. — Paris, *Bobée,* 1821. 6 vol.

285 La Morale et la Politique d'Aristote, trad. du grec, par Thurot. — Paris, *Firmin Didot,* 1824. 2 vol. (Manque tome 1).

269 Les vies des hommes illustres de Plutarque, traduites du grec, par Amyot, nouv. édition avec notes. — Paris, *Janet et Cotelle,* 1818. 25 vol.

208 Collection des Auteurs grecs, avec la traduction française en regard : Thucidide. — Paris, *Firmin Didot,* 1833. 4 vol.

311 Collection des Auteurs grecs, avec la traduction française en regard : Homère. — Paris, *Firmin Didot,* 1828. 6 vol.

312 Observations sur l'Iliade d'Homère, par Dugas Montbel. — Paris, *Firmin Didot,* 1829. 2 vol.

313 Observations sur l'Odyssée d'Homère, par Dugas Montbel. — Paris, *Firmin Didot,* 1833. 1 vol.

803 La Grèce tragique, chefs-d'œuvre d'Eschyle, de Sophocle et d'Euripide, traduits en vers, avec notices, par Léon Halévy. — Paris, *Dauvin et Fontaine,* 1849, et *Hachette,* 1858-59-61. 6 volumes.

207 Histoire d'Hérodote, suivie de la vie d'Homère, nouvelle traduction par Miot. — Paris, *Firmin Didot,* 1822. 3 vol.

557 Théâtre d'Eschyle, nouvelle traduction en vers, par Francis Robin. — Paris, *Hachette, Delalain,* 1846. 1 vol.

1079 Collection des romans grecs, traduits en français avec des notes par Courrier, Larcher et autres hellénistes. — Paris, *Merlin,* 1822. 8 vol.

314 Œuvres complètes de Démosthène et d'Eschine, trad. nouvelle par Stiévenart. — Paris, *Firmin Didot,* 1842. 1 vol.

210 Choix des historiens grecs, avec notices biographiques, par Buchon : Hérodote, Ctésias et Arrien. — Paris, *Société du Panthéon littéraire,* 1842. 1 vol.

211 Œuvres complètes de Flavius Josèphe, avec notices biographiques, par Buchon. — Paris, *Société du Panthéon littéraire,* 1842. 1 vol.

212 Ouvrages historiques de Polybe, Hérodien et Zozime, avec notices biographiques, par Buchon. — Paris, *Société du Panthéon littéraire*, 1842. 1 vol.

465 Homeri Carmina et Cycli epici reliquiæ ; Græce et latine cum indice nominum et rerum. — Parisiis, éditore *Ambrosio Firmin Didot*, 1860. 1 vol.

466 Plutarchi Scripta moralia ex codicibus quos possidet regia bibliotheca omnibus, Fredericus Dübner, Græce et latine ; volumen primum et secundum. — Parisiis, *Firmin Didot*, 1841. 1 vol.

599 Fragmenta historicorum græcorum, collegit, disposuit, notis et prolegomenis illustravit, Carolus Müllerus. Parisiis, *Firmin Didot*, 1851. 1 vol.

776 Dictionnaire Grec-Français, composé sur l'ouvrage intitulé Thesaurus linguæ Græce, de Henri Etienne, par Planche. — 3e édition, Paris, *Lenormant père*, 1824. 1 vol.

564 Synonymes grecs recueillis dans les écrivains des différents âges de la littérature grecque, par Alex. Pillon. — Paris, *Vve Maire-Nyon*, 1847. 1 vol.

398 Recherches sur la vie et les écrits d'Homère, traduits de l'anglais de Blackwell, par Quatremère-Roissy. — Paris, *Nicolle*, an VII. 1 vol.

1112 Les Poètes antiques, études morales et littéraires, par Mazure : Grecs. — Paris, *Eug. Belin, Victor Palmé*, 1861. 1 vol.

499 Histoire romaine de Dion Cassius, traduite en français avec des notes, par Gros. — Paris, *Firmin Didot*, 1845. 2 vol.

432 Regiæ Academiæ, Oxoniensis cancellario rectori professoribus patribus universis mellificium hoc atticum, Dicat dedicat consecrat Daniel Pareus. — Francofurti, impensis *Gulielmi Fitzeri*, 1627. 1 vol.

392 Les Vies des hommes illustres grecs et romains comparés l'un avec l'autre, par Plutarque de Chæronée, translatées de grec en français, par messire Jacques Amyot. — Lausanne, *François Le Preux*, 1574. 1 v.

3° LITTÉRATURE LATINE

443 Œuvres complètes de Cicéron, avec la traduction en français, publiées sous la direction de M. Nisard. — Paris, *Dubochet et Cie*, 1843. 5 vol. (Manque tomes I et IV).

444 Œuvres complètes de Tacite, avec la traduction en français, publiées sous la direction de M. Nisard. — Paris, *Dubochet et Cie*, 1842. 1 vol.

445 Œuvres complètes de Tite-Live (hist. romaine), avec la traduction en français, publiées sous la direction de M. Nisard. — Paris, *Dubochet et Cie*, 1839. 2 vol.

446 Salluste, Jules César, C. Velléius Paterculus et A. Florus. Œuvres complètes, avec la traduction en français, publiées sous la direction de M. Nisard. — Paris, *Dubochet et Cie*, 1843. 1 vol.

447 Lucain, Silius Italicus, Claudien, œuvres complètes avec la traduction en français, publiées sous la direction de M. Nisard. — Paris, *Firmin Didot*, 1871. 1 v.

1092 Etudes critiques et littéraires sur les œuvres complètes d'Horace, par Yves Pérennès. — Paris. 1860. 4 vol.

386 Publii Ovidii Nasonis sulmonensis poetæ operum. — Francofurti, *typis Wechelianis apud Claudium*, 1601. 1 vol.

416 Modèles d'éloquence latine ou Morceaux choisis dans les Discours publics des professeurs les plus célèbres chez les Jésuites et dans l'Université de Paris. — Paris, *Delalain*, 1813. 1 vol.

419 Decii Junii Juvenalis Satyræ cum notis ac perpetua interpretatione Josephi Juvencii è societate Jesu. — Parisiis, *Joannem Barbou*, 1745. 1 vol.

420 Selecta Carmina orationes, ou recueil de Poésies de plusieurs professeurs très célèbres de l'Université de Paris. — Paris, *Quillau*, 1727. 1 vol.

414 Anti-Lucretius Sive de Deo et Natura, Libri novem. Eminentissimi S. R. E. cardinalis Melchioris de Polignac (tome 1er seulement). — Bruxelles, *Foppens*, 1748. 1 vol.

428 Joannis Antonii Du Cerceau è societate Jesu : Opera. Nova éditio. — Parisiis, *Barbou*, 1723. 1 vol.

429 Fabularum Esopiarum, Libri quinque. Editio nova. — Parisiis, *Guérin et Delatour,* 1756. 1 vol.

348 Synonymes latins et leurs différentes significations, avec des exemples tirés des meilleurs auteurs, par Gardin-Dumesnil, 3e édition, revue par Jannet. — Paris, *Aumont, veuve Nyon,* 1813. 1 vol.

456 Nouveau dictionnaire de versification et de poésie latine : Gradus ad Parnassum, précédé d'un traité de versification latine, etc., par Alfred de Wailly. — Paris, *Guyot et Scribe,* 1836. 1 vol.

1091 La consolation philosophique de Boëce, traduction nouvelle en prose et en vers, avec le texte en regard, par Louis Judicis de Mirandol. — Paris, *Hachette et Cie,* 1861. 1 vol.

450 Latini sermonis vetustioris reliquiæ selectæ, recueil publié sous les auspices de M. Villemain, par Egger. — Paris, *Hachette,* 1843. 1 vol.

775 Gradus ad Parnassum, ou Nouveau dictionnaire poétique latin-français, par Noël, 3e édition — Paris, *Lenormant,* 1848. 1 vol.

4e LITTÉRATURE ÉTRANGÈRE

477 Les divines Féeries de l'Orient et du Nord : Légendes, ballades et romances, etc., traditions mythologiques et populaires des deux mondes, par Sébastien Rhéal, illustrations de Fragonard, 3e édit. — Paris, *Fournier et Lavigne,* 1843. 1 vol.

1108 Language as a means of mental culture and international communication; by C. Marcel. — London, *Chapman,* 1853. 2 vol.

1119 Chrestomathie Hindoustani, à l'usage des élèves de l'école royale et spéciale des langues orientales vivantes. — Paris, *imprimerie orientale de veuve Dondey-Dupré,* 1847. 1 vol.

1217 Introduction à un mémoire sur la propagation de l'alphabet phénicien dans l'ancien monde, par François Lenormant. — Paris, *Lainé et Havard,* 1866. 1 vol.

1122 Extrait du Roman d'Antar, texte arabe, à l'usage des élèves de l'École royale et spéciale des langues orientales vivantes. — Paris, *Firmin Didot,* 1841. 1 vol.

1125 Histoire des Sassanides, texte persan, par Mirkond, à
l'usage des élèves de l'Ecole des langues orientales vivantes. — Paris, *Firmin Didot*, 1843. 1 vol.

1126 Histoire des sultans du Kharezm, texte persan, par
Mirkond, accompagné de notes historiques, géogra-
phiques et philologiques, à l'usage des élèves, etc.,
par Mirkond. — Paris, *Firmin Didot*, 1842. 1 vol.

1223 Extraits d'Ali-Schir, texte turc oriental, à l'usage des
élèves, etc. — Paris, *Firmin Didot*, 1841. 1 vol.

1124 Lettres et pièces diplomatiques recueillies et publiées
pour servir d'exercices de lecture et de traduction aux
élèves, etc., écrites en Malay. — Paris *Firmin Didot*,
1845, 1 vol.

1121 Extraits de l'histoire des Mongols de Raschid-Eldin,
texte persan. — Paris, *impr. royale*, 1847. 1 vol.

1120 Collection des principales chroniques malayes, publiées
par Dulaurier. — Paris, *impr. nationale*, 1849. 1 v.

1128 Chrestomathie orientale ou recueil de textes arabes,
turcs, persans, grec moderne, arménien et indostanis,
texte turc, publiée sous les auspices du ministre de
l'Instruction publique. — Paris, *Firmin Didot*, 1841.
1 vol.

1127 Extraits d'une histoire des Mongols de Raschid-Eldin,
publiés par M. Quatremère, texte persan, à l'usage
des élèves de l'école des langues orientales vivantes.
— Paris, *Firmin Didot*, 1844. 1 vol.

1057 La Colombe messagère plus rapide que l'éclair, plus
prompte que la nue, par Michel Sabbagh, traduite de
l'arabe en français par Sylvestre de Sacy. — Paris,
imp. impériale, 1805. 1 vol.

1129 Exercices sur les clefs et les phonétiques de la langue
chinoise, suivis de phrases familières et de dialogues,
texte autographique à l'usage des élèves de l'école
orientale. — Paris, *Benjamin Duprat*, 1845. 1 vol.

1118 Chrestomathie hindie et hindouie, à l'usage des élèves
de l'école orientale. — Paris, *impr. nationale*, 1849.
1 vol.

1228 La reconnaissance de Sakountala, drame en sept actes,
de Kalidasa, traduit du Sanscrit, par Foucaux. — Paris, *Picard*, nouvelle collection *Jannet*, 1867. 1 vol.

589 La divine Comédie de Dante, illustrations de John Flaxmann, trad. par S. Rhéal. — Paris, *Moreau*, 1846. 3 vol.

648 Œuvres philosophiques de Dante, le Banquet, première traduction française, par S. Rhéal. — Paris, *Moreau*, 1852. 1 vol.

807 Le monde dantesque ou les Papes au moyen âge, grande clef historique de la *Divina Commedia* et de son époque, trad. de S. Rhéal, galerie illustrée. — Paris, *Lacroix-Comon*, 1856. 1 vol.

807 bis Le monde dantesque, la Monarchie de Dante Allighieri, traité en 3 livres, première trad. française avec notice par S. Rhéal. — Paris, *Lacroix-Comon*, 1855. 1 vol.

807 ter Œuvres mineures de Dante, poésies complètes, traduction avec notes, par S. Rhéal. — Paris, *Moreau*, 1852. 1 vol.

692 Théâtre d'Alfieri, traduction de Philippe Duplessis, avec texte italien en regard. — Paris, *Firmin Didot*, 1853. 5 vol.

486 La Jérusalem délivrée, traduite en vers français, avec le texte italien en regard, par Taunay. — Paris, *Hachette*, 1846, 2 vol.

479 Naufrage de Manoel de Souza de Sépulvéda et de dona Lianor de Sa, poème portugais de Hieronimo Coste-Réal, traduit en français par Ortaire Fournier. — Paris, *Carrier*, 1844. 1 vol.

1211 Les Etats-Unis et autres pays du Nord de l'Amérique, formant un nouveau cours pratique et théorique pour apprendre facilement la langue anglaise, par Benazeck. — Paris, *Delagrave*, 1 vol.

330 Œuvres dramatiques de Schiller, traduct. de de Barante, avec notice biographique et littéraire sur Schiller. — Paris, *Dufey*, 1836. 6 vol.

1266 Histoire de la guerre de Trente ans, trad. française par Porchat, avec le texte allemand. — Paris, *Hachette*, 1866. 2 vol.

433 Chefs-d'œuvres littéraires, histoire, poésie, romans, etc., traduits de diverses langues, par Mlle du Puget, 1re série, auteurs Suédois, Danois, Norwégiens et Islandais, œuvres d'Isaïe Tegner, trad. du Suédois. — Paris, 1 vol.

459 Chefs-d'œuvre littéraires, etc., les Eddas, traduction du Scandinave. — Paris, 1 vol.

624 Théâtre espagnol, traduit en français par Hippolyte Lucas. — Paris, *Michel Lévy*, 1851. 1 vol.

494 Le vicaire de Wakefield, par Goldschmidt, trad. nouvelle avec notice, par Ch. Nodier. — Paris, *Hetzel*, 1844. 1 vol.

393 Dictionnaire anglais-français et français-anglais, abrégé de Boyer, augmenté par Salmon, 26e édition, revue et augmentée de 5,000 mots, par Fain. — Paris, *Tardieu, Deneslc et Boiste*, 1821. 2 vol.

423 Grammaire anglaise-française, par Miège et Boyer, revue et corrigée par Mather Flint. — Paris, *Briasson et David*, 1750. 1 vol.

498 Analogies constitutives de la langue allemande avec le grec et le latin, expliquées par le sanscrit, par Schœbel. — Paris, *Jules Renouard*, 1846. 2 vol.

332 Œuvres complètes de Sheakspeare, traduction nouvelle, par Benjamin Laroche. — Paris, *Société du Panthéon littéraire*, 1844. 2 vol.

2000 Œuvres complètes de lord Byron, trad. par Benjamin Laroche. — Poésies diverses. — Childé-Harold. — Paris, *Hachette*, 1873. 1 vol.

5° LITTÉRATURE RELIGIEUSE

302 Origine de tous les cultes ou Religion universelle, par Dupuis. — Paris, *Louis Rozier*, 1834. 10 vol.

636 Recherches sur le culte de Bacchus, symbole de la force reproductive de la nature, considéré sous ses rapports généraux dans les mystères d'Eleusis, etc., par Rolle. — Paris, *Merlin*, 1824. 3 vol.

452 Du progrès religieux, par Glade. — Paris, *Delaunay*, 1838. 3 vol.

512 Abrégé de l'Histoire ecclésiastique, contenant les évènements considérables de chaque siècle, avec des réflexions. Nouv. édition. — Cologne, 1754. 15 vol.

615 Histoire de la sainte Eglise de Vienne, depuis les premiers temps du christianisme jusqu'à la suppression du siège, en 1801, par Collombet. — Lyon, *Monthon*, 1847. 3 vol.

310 Du polythéisme romain considéré dans ses rapports avec la philosophie grecque et la religion chrétienne, ouvrage posthume de Benjamin Constant. — Paris, *Béchet,* 1833. 2 vol.

614 Histoire politique et religieuse de l'Eglise métropolitaine et du diocèse de Rouen, par Falluc. — Rouen, *Le Brument,* 1850. 4 vol.

1242 La chaîne d'or, ou la vie admirable de la Vierge immaculée Mère de Dieu, accompagnée de réflexions pieuses et de notes historiques, etc., par l'abbé Noël. — Paris, *Péris, frères,* 1867. 2 vol.

734 Recueil de poésies lyriques chrétiennes, chants religieux tirés des auteurs français des 17e, 18e et 19e siècles, par Huinglaise. — Paris, *Auguste Vaton,* 1854. 2 vol.

733 Les œuvres de sainte Catherine de Gênes, précédées de sa vie, par le vicomte de Bussière. — Paris, *Librairie centrale,* 1854. 1 vol.

481 Grégoire VII, saint François d'Assise, saint Thomas d'Aquin, par Delécluze. — Paris, *Jules Labitte,* 1844. 2 vol.

669 Spicilegium solesmense complectens sanctorum patrum scriptorumque ecclesiasticorum anecdota hactenus opera, selecta è Græcis orientalibusque et latinis codicibus publici juris facta Curante Domino Pitra. — Parisiis, *Firmin Didot,* 1852. 4 vol.

1241 La vraie connaissance du cœur de J. C., puisée dans l'Evangile selon saint Jean, par l'abbé Bouvier. — Paris, *Pellion,* 1866. 1 vol.

850 Histoire du Concile de Constance, tirée principalement d'auteurs qui ont assisté au Concile, par Jacques Lenfant. — Amsterdam, *Humbert,* 1714. 1 vol.

851 Histoire du Concile de Pise et de ce qui s'est passé de plus mémorable depuis ce Concile jusqu'à celui de Constance, par J. Lenfant. — Amsterdam, *Humbert,* 1724. 2 vol.

273 La Sainte Bible en latin et en français, avec des notes littéraires, critiques et historiques, etc., tirées du commentaire de don Calmet. 2e édition augmentée. — Paris, *Boudet et Desaint,* 1767. 17 vol.

469 Perpétuité de la foi de l'Eglise catholique, sur l'Eucharistie, par Nicole, Renaudot, Arnauld, etc. ; sur la Confession, par Denis de Ste-Marthe ; sur l'Eglise romaine, etc., par Schœffmacher, publié par l'abbé M... (Migne). — Paris, 1841. 4 vol.

898 De linteis sepulchralibus christi servatoris, crisis historica, Jac. Chiffletii ; Antuerpiæ ex officina plantiniana. — Apud *Balthazarem Moretum*, 1624. 1 vol.

476 Catéchisme ou abrégé de la foi, dressé par l'ordre de Monseigneur François de Harlay, et approuvé par Monseigneur Christophe de Baumont. — Paris, *Firmin Didot*, 1842. 1 vol.

286 Choix de monuments primitifs de l'Eglise chrétienne, avec notice littéraire, par Buchon ; correspondance entre Pline et Trajan, Tertullien, Minutius Félix, Octavius, saint Cyprien, Lactance et Maternus. — Paris, *Société du Panthéon littéraire*, 1842 1 vol.

513 Panégyriques de Saints, par l'abbé Séguy, 2e édition. — Paris, *Prault père*, 1753. 2 vol.

1219 Rome chrétienne ou Tableau historique des souvenirs et des monuments chrétiens de Rome, 4e édit., par Eug. de la Gournerie. — Paris, *Ambroise Bray*, 1867. 3 vol.

1012 Histoire de la première mission catholique en Mélanésie, par le missionnaire Verguet. — Carcassonne, *Labau*, 1854. 1 vol.

816 La Clef du Coran faisant suite aux soirées de Carthage, par l'abbé Bourgade. — Paris, *Lecoffre et Cie*, 1852. 1 vol.

817 Passage du Coran à l'Evangile, faisant suite aux soirées de Carthage et à la Clef du Coran, par l'abbé Bourgade. — Paris, *Firmin Didot*, 1855. 1 vol.

1187 Histoire religieuse de la Bigorre, par Bascle de Lagrèze. — Paris, *Hachette*, 1863. 1 vol.

808 L'Eglise orientale, exposé historique de sa séparation et de sa réunion avec celle de Rome, etc., par J. Pitzipios. — Rome, *impr. de la Propagande*, 1855. 1 v.

731 Le prêtre et les idées modernes par l'abbé Delagrange. — Besançon, *veuve Deis*, 1850. 1 vol.

407 Conférences sur le symbole des Apôtres, sur les Sacrements et sur les Commandements de Dieu et de l'Eglise, par Chevassu, ancien curé du diocèse de St-Claude. — Lyon, *Deville*, 1755. 2 vol.

752 Les institutions de Thaulère, religieux de l'Ordre de St-Dominique, nouv. édit. — Paris, *Bray*, 1855. 1 v.

610 Devoirs, droits, assistance par le Christianisme, etc., par de Bausset-Roquefort. — Paris, *Garnier, Firmin Didot,* 1849. 1 vol.

730 La persévérance ou la doctrine chrétienne, expliquée par les plus illustres écrivains du christianisme, par l'abbé Séverac. — Paris, *Péris*, 1853. 1 vol.

403 L'esprit de saint François de Sales, évêque et prince de Genève, recueilli de divers écris de Camus, évêque de Belley, par M. P. C., docteur de Sorbonne, nouv. édit. — Paris, *Vᵉᵉ Etienne*, 1747. 1 vol.

404 Conférences ou discours contre les ennemis de notre sainte religion, etc., par Beurier. — Paris, *Berton*, 1779. 1 vol.

720 Pratique de la perfection chrétienne, d'Alp. Rodriguez, trad. de l'Espagnol par l'abbé Régnier des Marais. — Paris, *Mabre-Cramoisy*, 1682. 1 vol.

1350 Instructions chrétiennes pour les jeunes gens, utiles à toute sorte de personnes, etc., nouv. édit. — Dole, *Prudhon*, 1833. 1 vol.

778 Le véritable usage de l'autorité séculière dans les matières qui concernent la religion, par l'évêque D: P. — Avignon, *Girard*, 1753. 1 vol.

413 Sacrosancti et Œcumenici Concilii tridentini, Paulo III, Julio III et Pio IV, pontificibus maximis, celebrati canones et decreta, etc. — Parisiis, *Claudium Hérissant*, 1754. 1 vol.

1054 Biblia sacra, impressa Lugdunum per Perrinum, 1479.

685 Histoire de l'Eglise, par feu messire Antonin Godeau, VIIᵉ, VIIIᵉ et IXᵉ siècles. — Paris, *François Muguet*, 1678. 2 vol. seulement, tomes IV et V.

6° ROMANS ET POÉSIES

1204 Dombey et fils, par Dickens, roman anglais, traduit par Mme Bressant. — Paris, *Hachette*, 1866. 3 vol.

1253 Tuteur et pupille de Kavanagh, traduit de l'anglais par Mme Loreau. — Paris, *Hachette*, 1866. 1 vol.

1239 Le moment du bonheur, par Häcklender, roman allemand, traduit par Materne. — Paris, *Hachette*, 1866. 1 vol.

1316 La croisade noire, roman comtemporain, par M. L. Gagneur. 7e édition. — Paris, *Dentu*, 1873. 1 vol.

1314 Le calvaire des femmes, par M. L. Gagneur. — Paris, *Bureaux du Siècle*. 1 vol.

1317 Les forçats du mariage, par M. L. Gagneur, nouv. édit. — Paris, *Librairie internationale*, 1870. 1 v.

1221 Illusions perdues, par H. de Balzac. — Paris, *Michel Lévy*, 1866. 2 vol.

1218 La femme au XIXe siècle; ce qu'elle est, ce qu'elle doit être, par Thouzery. — Paris, *Achille Faure*, 1868. 1 vol.

1214 Les guêpes, par Alph. Karr. — Paris, *Michel Lévy*, 1859. 6 vol. (manque tome 3).

400 Simon de Nantua, ou le marchand forain, suivi des œuvres posthumes de Simon de Nantua, par Laurent de Jussieu, nouv. édit. — Paris, *Colas*, 1831. 1 vol.

795 Confession générale, par Frédéric Soulié. — Paris, *aux bureaux du Constitutionnel*, 1857. 2 vol.

796 Les mémoires du Diable, par Frédéric Soulié. — Paris, *Société générale de librairie*, 1855. 2 vol.

1062 Robert Fulton, roman historique de Hauch, traduit en français par Soldi. — Paris, *Jules Taride*, 1860. 1 vol.

1115 Manon Lescaut, par l'abbé Prévost, publication de d'Heilly et Steenackers. — Paris, *Jouaust*, 1867. 1 v.

1246 Notre Dame de Thermidor, histoire de Madame Tallien, par Arsène Houssaye, 2e édition. — Paris, *Plon*, 1867. 1 vol.

737 Les prophètes du passé, par Barbey d'Aurevilly. — Paris, *Hervé*, 1851. 1 vol.

1231 L'homme de bien, par Peignot. — Paris, Ernest Thorin ; Besançon, *Marion*, 1857. 1 vol.

1075 Poésies guerrières, par Louis Belmontet. — Paris, *Imprim. impériale*, 1857. 1 vol.

461 Les deux règnes, poésie par Belmontet, 2e édit. — Paris, *Tresse et Boer*, 1843. 1 vol.

677 Les nombres d'or, par Belmontet, 3e édit. — Paris, *Amyot et Tresse*, 1845. 1 vol.

1095 Les lumières de la vie, par Belmontet. — Paris. *Amyot*, 1861, 1 vol.

1115 La parole et l'épée, épisode dramatique de la Réforme en Allemagne (1521-1525), par Aug. Robert. — Paris, *Didier et Cie*, 1868. 1 vol.

1100 Caritas, par Jules Allevarès, pièce couronnée par la Société d'Emulation de Cambrai. — Paris, 1860. 1 v.

1052 Judith, tragédie biblique en cinq actes, de Paolo Giagometti, représentée au Théâtre Italien en 1858, trad. en vers français par Jules Allevarès. — Paris, *Revue des races latines*, 1858. 1 vol.

482 Jeanne d'Arc, par Alexandre Soumet. — Paris, *Firmin Didot*, 1846. 1 vol.

487 Odes, par Evariste Boulay-Paty. — Paris, *Coquebert*, 1844. 1 vol.

365 Harpe des peuples ou paroles d'un croyant; paroles de La Mennais, mises en vers par Théophile Mercier, ouvrage suivi de l'histoire de Mme de Lavalette, nièce de Joséphine, du même auteur. — Paris; *Ledoyen*, 1839. 1 vol.

478 Rêves d'une jeune fille, poésies, par Mlle Elise Moreau. — Paris, *Roland*, 1837. 1 vol.

472 Insommies et regrets, par Lafon Labatut. — Paris, *Furne et Cie*, 1845. 1 vol.

1304 L'art théâtral, par Samson, ouvrage orné de portraits photographiés. — Paris, *Dentu*, 1865. 2 vol (manque tome 1).

627 Le monument de Molière, poème couronné par l'Académie Française, par Louise Collet. — Paris, *Paulin*, 1843. 1 vol.

7° ÉTUDES LITTÉRAIRES

560 Etude sur les pamphlets politiques et religieux de Milton, par Geffroy. — Paris, *Lezobry et Magdeleine*, 1848. 1 vol.

736 Voltaire et son temps; étude sur le XVIIIe siècle, par Bungener, 2e tirage. — Paris, *Joël Cherbuliez*, 1851. 2 vol.

463 Rapport historique sur les progrès de l'histoire et de la littérature ancienne depuis 1789 et sur leur état actuel, par Dacier. — Paris, *Imprimerie impériale*, 1810. 1 vol.

644 Molière musicien, notes sur les œuvres de cet illustre maître et sur les drames de Corneille, Racine, Quinault, etc., sur l'harmonie de la langue française, par Castil-Blaze. — Paris, *Castil-Blaze,* 1852. 2 vol.

1097 Sheakspeare, ses œuvres et ses critiques, par Alfred Mézières. — Paris, *Charpentier*, 1860. 1 vol.

1133 Prédécesseurs et contemporains de Sheakspeare, par A. Mézières. — Paris, *Charpentier*, 1863. 1 vol.

1139 Contemporains et successeurs de Sheakspeare, par A. Mézières. — Paris, *Charpentier*, 1864. 1 vol.

488 La Renaissance, Roland ou la Chevalerie, par Delécluze. — Paris, *Jules Labitte*, 1845. 2 vol.

1301 Caractères et talents, études sur la littérature ancienne et moderne, par Courdaveaux. — Paris, *Didier*, 1867. 1 vol.

818 De l'éloquence judiciaire au XVIIe siècle, Antoine Lemaitre et ses contemporains, par Oscar de Vallée. — Paris, *Garnier frères*, 1856. 1 vol.

1198 Histoire de la littérature française au XVIIe siècle, par l'abbé Follioley. — Paris, *Eug. Belin*, 1864. 2 vol.

1042 Les prix de vertu, fondés par de Montyon; discours prononcés à l'Académie française, par MM. Daru, Laya, Delaplace, etc., réunis et publiés avec une notice sur M. de Montyon, par Lock et Couly d'Aragon. — Paris, *Garnier frères*, 1858. 2 vol.

1235 Voltaire et la police; dossiers recueillis à St-Pétersbourg parmi les manuscrits français originaux enlevés à la Bastille en 1789, par Léouzon le Duc. — Paris, *Bray*, 1867. 1 vol.

1083 La Fontaine et Buffon, par Damas Hinard. — Paris, *Perrotin*, 1861. 1 vol.

1163 La comédie en France au XVI⁰ siècle, par Emile Chasles. — Paris, *Didier*, 1862. 1 vol.

418 Histoire des littératures anciennes, par Loève-Veimars. — Paris, *Raymond*, 1825. 1 vol.

782 Cours familier de littérature; un entretien par mois, par de Lamartine. — Paris, abonnements chez *l'Auteur*, 1856. 2 vol.

343 Cours de littérature française, par Villemain, tableau de la littérature du Moyen-Age en France, en Italie, en Espagne et en Angleterre. — Paris, *Didier*, 1840. 2 vol.

343bisCours de littérature française, par Villemain ; tableau de la littérature du XVIIIᵉ siècle. — Paris, *Didier*, 1841. 4 vol.

1107 Histoire de la littérature française à l'étranger depuis le commencement du XVIIᵉ siècle, par Sayous. — Paris, *Cherbuliez*, 1853. 2 vol.

1101 Histoire de la littérature des Hindous, par Louis Enault. — Paris, *Durand et Morisot*, 1860. 1 vol.

318 Histoire littéraire d'Italie, par Ginguené, 2ᵉ édition avec portrait de l'auteur et notice historique par Daunou. — Paris, *Michaud*, 1824. 9 vol.

1143 Comédies et souvenirs, par Mazères. — Paris, *Hachette*, 1858. 3 vol.

319 Cours de littérature, par La Harpe, précédé d'une notice historique, par Léon Thiessé, nouv. édit. — Paris, *Pourrat frères*, 1838. 18 vol.

739 Etudes critiques de philosophie, de science et d'histoire, par le duc de Caraman. — Paris, *Ladrange*, 1851. — 1 vol.

1111 Le réalisme et la fantaisie dans la littérature, par Gustave Merlet. — Paris, *Didier*, 1861. 1 vol.

735 Impressions littéraires, par Louis Ratisbonne. — Paris, *Michel Lévy frères*, 1855. 1 vol.

1291 Conférences scientifiques et littéraires, académie de Poitiers, par les professeurs des diverses facultés, hiver 1866-67. — Paris, *Thorin*, 1867. 1 vol.

415 De l'éloquence du barreau, par Gin. — Paris, *Hérissant*, 1767. 1 vol.

1249 Molière et la comédie italienne, par Louis Moland, ouvrage illustré de vignettes. — Paris, *Didier*, 1867. 1 vol.

634 De la Comédie française depuis 1830, ou résumé des évènements survenus à ce théâtre jusqu'en 1844, par Eug. Laugier. — Paris, *Tresse*, 1844. 1 vol.

2005 Les philosophes classiques du XIXe siècle, en France, par Taine, 3e édition. — Paris, *Hachette*, 1868.

2012 L'art de la lecture, par E. Legouvé, nouv. édit. augmentée. — Paris, *Hetzel*. 1 vol.

III. — PHILOSOPHIE

285 Œuvres complètes de Platon, traduites du grec en
français, avec notes et introduction, par Victor Cousin.
— Paris et Leipsig, *Bossange frères*, 1824. 13 vol.
(Manque tomes 1, 3 et 10).

297 Œuvres de Denis Diderot, précédées des mémoires
historiques et philosophiques sur sa vie et ses
ouvrages, par Naigeon, nouv. édit. — Paris, *Brière*,
1821. 22 vol. (Manque tomes VI et XII).

288 Œuvres complètes de Descartes, publiées par Victor
Cousin. — Paris, *Levrault*, 1824. 11 vol. (Manque
tome 1).

296 Œuvres complètes de Condillac. — Paris, *Lecointe et
Durey*, 1822. 16 vol.

295 Œuvres complètes de Cabanis, avec notice sur sa vie
et ses ouvrages. — Paris, *Firmin Didot*, 1823. 5 vol.

299 Œuvres de Blaise Pascal, nouv. édit. — Paris,
Lefèvre, 1829. 5 vol.

475 Des Pensées de Pascal, par V. Cousin, nouv. édition.
— Paris, *Libr. philosophique, Ladrange et Didier*,
1844. 1 vol.

287 Œuvres philosophiques de Bacon, publiées d'après les
textes originaux, avec notices et éclaircissements, par
Bouillet. — Paris, *Hachette*, 1835. 3 vol.

291 Œuvres complètes de Thomas Reid, chef de l'école
écossaise, publiées par Jouffroy, avec des fragments
de Royer-Colard et introduction de l'éditeur. — Paris,
Victor Masson, 1836. 6 vol.

412 Réflexions morales de l'empereur Marc Antonin, avec
des remarques, nouv. édit. — Bouillon, *aux dépens
de la Société typographique*, 1772. 2 vol.

290 Histoire de la philosophie allemande, depuis Leibnitz
jusqu'à Hegel, par le baron Barchou de Penhoën. —
Paris, *Charpentier*, 1836. 2 vol.

292 Œuvres philosophiques de Locke, nouv. édit., revue
par Thurot. — Paris, *Firmin Didot*, 1822. 7 vol.

294 Œuvres de d'Alembert. — Paris, *Belin, Bossange*,
1821. 5 vol.

490 Abélard, par Ch. de Rémusat. — Paris, *Librairie philosophique de Ladrange,* 1845. 2 vol.

1161 De la psychologie de Platon, par Chaignet. — Paris, *Aug. Durand,* 1862. 1 vol.

454 Leçons de philosophie sur les principes de l'intelligence, sur les causes et les origines des idées, par Laromiguière, 6ᵉ édit. — Paris, *Fournier,* 1844. 2 v.

815 Logique, par Gratry. — Paris, *Charles Dounion, Lecoffre,* 1855. 2 vol. (Manque tome 1).

855 De la connaissance de l'âme, par Gratry. — Paris, *Dounion, Lecoffre,* 1857. 2 vol.

732 Programme de philosophie, par Antonin Rondelet. — Paris, *Dezobry et Magdeleine,* 1851. 1 vol.

1210 Méthode générale (philosophie méthodique), par de Strada. — Paris, *Hachette,* 1867. 1 vol.

1255 Le procès du matérialisme, étude philosophique, précédée d'une lettre à M. l'évêque d'Orléans, par F. Lucas. — Paris, *Didier,* 1867. 1 vol.

1270 La conscience et la foi, par Athanase Coquerel fils. — Paris, *Germer-Baillière,* 1867. 1 vol.

298 Œuvres philosophiques et politiques de Thomas Hobbes. Paris, *Artaud,* an III. 2 vol.

303 Déontologie ou science de la morale, ouvrage posthume de Jérémie Bentham, revue et publiée par John Bowrin, traduit sur le manuscrit, par Benj. Laroche. Paris, *Charpentier,* 1834. 2 vol.

309 Essai sur l'histoire de la philosophie en France, au XIXᵉ siècle, par Damiron, 2ᵉ édition. — Paris, *Schubart et Heideloff,* 1828. 1 vol.

306 Cours de Droit naturel professé à la Faculté des lettres de Paris, par Jouffroy, 2ᵉ édit. — Paris, *Hachette,* 1843. 2 vol.

293 Théorie des sentiments moraux ou essai analytique sur les principes des jugements que portent naturellement les hommes, etc.; par Adam Smith ; traduit de l'anglais sur la 7ᵉ édition par Mme de Grouchy. — Paris, *Barrois l'aîné,* 1830. 2 vol.

426 Pensées de Pascal sur la religion et sur quelques autres sujets, suivies du discours de M. Dubois sur les pensées de Pascal, etc., nouv. édit. — Avignon, *Séguin ainé*, 1818. 1 vol.

1137 Lettres de Descartes, où sont traitées plusieurs belles questions touchant la morale, la physique, la médecine et les mathématiques, nouv. édit. — Paris, *Ch. Angot*, 1663. 3 vol.

1087 Œuvres inédites de Maine de Biran, publiées par Ernest Naville, avec la collaboration de Marc Débrit. — — Paris, *Dezobry et Magdeleine*, 1859. 3 vol.

1206 Spinoza et le naturalisme contemporain, par Nourrisson. — Paris, *Didier*, 1866. 1 vol.

289 Destination de l'Homme, de Fichte, traduit de l'allemand par Barchou de Penhoën. — Paris, *Paulin*, 1832. 1 vol.

284 Cours de l'histoire de la philosophie, par V. Cousin ; introduction à l'histoire de la philosophie, nouv. édit. — Paris, *Didier*, 1841. 1 vol.

307 Cours de l'histoire de la philosophie, par V. Cousin ; histoire de la philosophie au XVIIIe siècle, nouvelle édit. — Paris, *Didier*, 1841. 2 vol.

308 Cours d'histoire de la philosophie morale au XVIIIe siècle, pendant l'année 1820, par V. Cousin, 3e partie. — Paris, *Ladrange*, 1842. 1 vol.

608 Manuel de philosophie ancienne, par Renouvier. — Paris, *Paulin*, 1844. 1 vol.

431 Traité de la gloire, par de Sacy. — Paris, *Huet*, 1740. 1 vol.

745 Pensées et réflexions morales et politiques du marquis de Bouillé. — Paris, *Amyot*, 1851. 1 vol.

349 Notions élémentaires de l'instruction civile et constitutionnelle, par Honoré Collomb. — St-Claude, *Chevassu-Comoy*, 1839. 1 vol.

IV.—ÉCONOMIE POLITIQUE

270 Œuvres complètes de M. de Necker, publiées par le baron de Staël. — Paris, *Treuttel et Würtz,* 1821. 15 vol.

812 Histoire des classes laborieuses précédée d'un essai sur l'économie industrielle et sociale, par Jaume. — Toulon, *Aurel,* 1852. 1 vol.

274 Histoire de l'économie politique ou études historiques, philosophiques et religieuses, sur l'économie politique des peuples anciens et modernes, par de Villeneuve-Bargemont. — Paris, *Guillaumin,* 1841. 1 vol.

275 Histoire de l'économie politique en Europe depuis les anciens jusqu'à nos jours, suivie d'une biographie raisonnée des auteurs des principaux ouvrages d'économie politique, par Blanqui aîné. — Paris, *Guillaumin,* 1842. 2 vol.

276 Traité d'économie politique ou simple exposition de la manière dont se forment, se distribuent et se consomment les richesses, par J.-B. Say, 6ᵉ édit. — Paris, *Guillaumin,* 1841. 1 vol.

277 Cours complet d'économie politique pratique, ouvrage destiné à mettre sous les yeux des hommes d'Etat, des propriétaires fonciers et des capitalistes, etc., l'économie des sociétés, par J.-B. Say, 2ᵉ édit. — Paris, *Guillaumin,* 1840. 2 vol.

280 Recherches sur la nature et les causes de la richesse des nations, par Ad. Smith, traduct. du comte Germain Garnier, avec notice biographique, par Blanqui, avec commentaires et notes inédites, etc. — Paris, *Guillaumin,* 1843. 2 vol.

279 Œuvres de Turgot, nouv. édit. classée par ordre de matières, avec les notes de Dupont de Nemours, augmentées de lettres inédites des questions sur le commerce, etc., par Eug. Daire et Hipp. Dussard, etc. — Paris, *Guillaumin,* 1844. 2 vol.

924 Essai politique sur le royaume de la nouvelle Espagne, par de Humboldt. — Paris, *Schœll,* 1811. 5 vol.

1084 Lettres à un membre du Parlement d'Angleterre sur la constitution de 1852, par Latour du Moulin. — Paris, *Amyot,* 1861. 1 vol.

281 Histoire financière de la France depuis l'origine de la monarchie jusqu'à la fin de 1786, par Bailly. — Paris, *Moutardier*, 1830. 2 vol.

282 Exposé de l'administration générale et locale des finances du Royaume-Uni de la Grande Bretagne et d'Irlande, par Bailly. — Paris, *Firmin Didot*, 1837. 2 vol.

283 De la politique et du commerce des peuples de l'antiquité, par Heeren, traduit de l'allemand sur la 4ᵉ édit., par Suckau. — Paris, *Firmin Didot*, 1830. 7 vol.

278 Nouveaux principes d'économie politique ou de la richesse dans ses rapports avec la population, par Simonde de Sismondi, 2ᵉ édit. — Paris, *Delaunay*, 1828. 2 vol.

1182 De l'éducation des Enfants assistés par la charité publique, par le Comte de Tourdonnet. — Paris, *Brunet*, 1862. 1 vol.

1183 Des colonies agricoles d'éducation, par le Comte de Tourdonnet. — Paris, *Brunet*, 1862. 3 vol.

938 De l'éducation d'un prince, divisée en 3 parties, dont la dernière contient divers traités utiles à tout le monde. *Vve Savreux*, 1677.

100 Cours d'économie industrielle, par Blanqui aîné, annoté par Blaise. — Paris, *Mathias*, 1838-39. 1 vol.

708 De l'influence du bien-être matériel sur la moralité des peuples modernes, par Edouard Mercier. — Paris, *Renouard*, 1854. 2 vol.

2007 La conversion et l'amortissement, par Isaac Pereire. — Paris, *Motteroz*, 1879. 1 vol.

1134 Réorganisation des banques, légalité et urgence d'une réforme. — Paris, *Paul Dupont*, 1864. 1 vol.

1115 L'impôt sur le capital, mémoire à MM. les membres de la commission du budget, par Ménier, manufacturier et député. — Paris, *Dubuisson*, 1876. 1 vol.

1115bis Théorie et application de l'impôt sur le capital, par Ménier. — Paris, *Plon, Guillaumin*, 1876. 1 vol.

810 L'avenir économique, par Ménier. — Paris, *Plon, Guillaumin*, 1876. 1 vol.

612 De l'impôt et du libre commerce du sel dans les Etats Romains, par Thomassy. — Rome, *Imprimerie de la Chambre apostolique*, 1849. 1 vol.

1138 Catéchisme de l'économie politique basée sur des principes rationnels, par Du Mesnil-Marigny. — Paris, *Cournol*, 1863. 1 vol.

109 Du travail des enfants qu'emploient les ateliers, les usines et les manufactures, etc., par le baron Ch. Dupin. — Paris, *Bachelier*, 1840. 1 vol.

1245 Les jeunes détenus à la Roquette et dans le _m colonies agricoles; hygiène, moralisation et mortalité, etc., par Du Mesnil. — Paris, *Baillière et fils*, 1866. 1 vol.

756 Les populations ouvrières et les industries de la France dans le mouvement social du XIXe siècle, par Audiganne. — Paris, *Capelle*, 1854. 2 vol.

1051 De l'abolition de l'esclavage ancien au moyen âge et de sa transformation en servitude de la glèbe, par Yanoski. — Paris, *Imprimerie impériale*, 1860. 1 v.

1086 Histoire des classes ouvrières en France depuis la conquête de Jules César jusqu'à la révolution, par Levasseur. — Paris, *Guillaumin*, 1859. 2 vol.

1058 Œuvres diverses de Dombasle, économie politique, instruction publique, haras et remontes. — Paris, *Vve Bouchard-Husard*, 1843. 1 vol.

1244 L'économie politique avant les physiocrates, par Horn. — Paris, *Guillaumin*, 1867. 1 vol.

849 Documents relatifs au système pénitentiaire ; extraits du journal de la Société de la morale chrétienne, sous la présidence du marquis de la Rochefoucault-Liancourt. — Paris, *Henry*, 1844. 1 vol.

814 Histoire des institutions publiques établies en France pour l'amélioration du sort des classes laborieuses : histoire des salles d'asile et des asiles-ouvroirs, par de Malarce. — Paris, *Hachette*, 1855. 1 vol.

793 Recherches administratives, statistiques et morales sur les Enfants trouvés, les Enfants naturels et les orphelins en France et dans plusieurs autres pays de l'Europe, par l'abbé Guillard. — Paris, *Le Clère*, 1837. 1 vol.

766 Lettre à MM. les membres de la commission de l'enquête parlementaire sur le régime économique, par H. Fould. — Paris, 1870. 1 vol.

533 De la propriété, par Thiers, édit. populaire. — Paris, *Paulin, Lheureux et C*, 1848. 1 vol.

247 Du choix d'une profession industrielle; conseils donnés aux jeunes gens qui sont sur le point de faire choix d'un état, etc., par Hillardt, traduit de l'allemand par l'abbé Ramon.—Paris, *Pradel et Goujon*, 1845. 1 v.

641 Des droits et des devoirs des nations neutres en temps de guerre maritime, par Hautefeuille. — Paris, *Comptoir des imprimeurs réunis*, 1849. 4 vol.

651 Nouveau traité des aydes, tailles et gabelles auxquels sont spécifiés tous les droits du domaine du roy et impositions sur le vin, etc, par Ducrot, avocat privé au conseil du roy. — Paris, *Eustache Daubin*, 1623. 1 vol.

811 Du respect des puissances établies, considéré sous les divers rapports de la religion, de la raison, du droit, des intérêts publics et du progrès social, etc., par Alexis Godin. — Paris, *Ledoyen*, 1854. 1 vol.

1268 Entretiens populaires sur l'économie politique, par Martinelli. — Paris, *Guillaumin*, 1866. 1 vol.

929 Pétition contre les traités de commerce, pour faire suite à la critique de la conversion, par Émile Cossé. — Paris, *Dentu*, 1880. 1 vol.

1030 Comptabilité des lycées impériaux et des collèges communaux; recueil des lois, ordonnances, décrets, arrêtés, instructions ministérielles, etc., par Romuald Gaillard. — Paris, *Jules Delalain*, 1860. 1 vol.

1030bis Dictionnaire de l'administration et de la gestion des lycées, collèges communaux et écoles normales primaires, par R. Gaillard, 1er supplément, 1872-80. — Paris, *Delalain*, 1881. 1 vol.

773 Histoire de l'assistance dans les temps anciens et modernes, par Alexandre Monnier. — Paris, *Guillaumin*, 1856. 1 vol.

2024 Les cabales de la politique et des politiciens laïques et religieux, organisés contre les patrons et ouvriers du travail national, 2e édit., par Mazaroz. — Paris, *chez l'Auteur*, 1882. 1 vol.

2013 Les militaires blessés et invalides ; leur histoire et leur
situation en France et à l'étranger, par le Comte de
Riencourt. — Paris, *Dumaine*, 1875. 2 v.

2026 Conférence économique faite à Bordeaux en 1879, par
Pouyer-Quertier, sénateur. — Paris, *Edm. Rousset*,
1879. 1 vol.

2027 Le rachat des chemins de fer, épilogue, par Léon Malo,
ingénieur. — Paris, *Dentu*, 1880. 1 vol.
— La percée de la Faucille, 4 brochures. — St-Claude,
Enard, 1842.

899 Navigation de Bourgogne, ou mémoires et projets pour
augmenter et établir la navigation sur les rivières du
duché de Bourgogne, par Antoine. — Amsterdam,
Paris, *Pissot,* 1776. 1 vol.

900 Projet d'un canal de navigation pour joindre le Doubs
à la Saône, dressé par Bertrand. — Besançon, 1777.
1 vol.

922 Navigation du Rhône, de la Saône et des canaux de
Bourgogne et du Rhône au Rhin. Vœux des conseils
généraux et des chambres de commerce. — Paris,
Librairie internationale de l'agriculture, 1857. 1 v.

V. — GRAMMAIRE; PHILOLOGIE; RÉTHORIQUE

408 Collection d'oraisons funèbres et de panégyriques par divers auteurs, réunies en un volume.

424 Traité du choix et de la méthode des études, par l'abbé Claude Fleury. — Paris, *Hérissant*, 1759. 1 vol.

409 Discours prononcés dans l'Académie française à la réception du marquis de Montesquiou (1784), de l'abbé Maury (1785), du comte de Guibert (1786), du chevalier de Boufflers (1788), de l'abbé Barthélemy (1789), suivis de plusieurs autres ouvrages. — Paris, *Demonville*. 1 vol.

422 Discours académiques sur divers sujets, par l'abbé Millot. — Lyon, *Duplain*, 1760. 1 vol.

361 Leçons de rhétorique et de belles lettres, par le docteur Hugh-Blair, traduites de l'anglais par Cantwell. — Paris, *Gide*, 1797. 4 vol.

1145 Curiosités de l'étymologie française avec l'explication de quelques proverbes et dictons populaires, par Ch. Nisard. — Paris, *Hachette*, 1863. 1 vol.

809 Glossaire du centre de la France, par le comte Jaubert. — Paris, *Chaix*, 1856. 2 vol. et 2 suppléments (manque 1er supplément).

391 Histoire naturelle de la parole ou grammaire universelle à l'usage des jeunes gens, par Court de Gébelin, avec notes, par le comte de Lanjuinais. — Paris, *Plancher, Eymery et Delaunay*, 1816. 1 vol.

621 La précellence du langage français, par Estienne, nouv. édit. avec étude sur l'auteur et notes, par Léon Feugère. — Paris, *Delalain*, 1850. 1 vol.

341 Dictionnaire raisonné des onomatopées françaises. par Ch. Nodier. — Paris, *Delangle*, 1828. 1 vol.

342 Examen critique des dictionnaires de la langue française, ou recherches grammaticales et littéraires sur l'orthographe, etc., par Ch. Nodier. — Paris, *Delangle*, 1828. 1 vol.

1043 La grammaire française et les grammairiens au XVIe siècle, par Livet. — Paris, *Didier*, 1859. 1 vol.

414 Principes généraux et raisonnés de la grammaire française, par Restaut, 10ᵉ édition. — Lyon, *Péris frères*, 1782. 1 vol.

489 Des variations du langage français depuis le XIIᵉ siècle, par Génin. — Paris, *Firmin Didot*, 1845. 1 v.

744 Notions élémentaires de grammaire comparée pour servir à l'étude des trois langues classiques, par Egger. — Paris, *Durand*, 1853. 1 vol.

433 Œuvres diverses du Père du Baudory, de la Compagnie de Jésus. — Paris, *Marc Bordelet*, 1730. 1 vol.

766 Grammaire générale et raisonnée contenant les fondements de l'art de parler, expliqués d'une manière claire et naturelle, etc. (Grammaire de Port-Royal). — Paris, *Aug. Delalain*, 1830. 1 vol.

1160 Glossaire roman des chroniques rimées de Godefroy de Bouillon, du chevalier au Cygne et de Gilles de Chin, publication de la commission royale d'histoire de Belgique, par Em. Gachet. — Bruxelles, *Hayez*, 1859. 1 vol.

VI. – HISTOIRE GÉNÉRALE

TEMPS ANCIENS. — MOYEN AGE. — TEMPS MODERNES

395 Histoire universelle depuis le commencement du monde jusqu'à présent, composée en anglais par une société de gens de lettres, traduite en français par une société de gens de lettres, avec fig. et cartes. — Paris, *Moutard*, 1789. 125 vol. (Manque tome 27).

214 Histoire universelle par le Comte de Ségur, 5e édit., ornée de gravures. — Paris, *Furne, Früger et Brunet*, 1836. 12 vol.

572 Décade historique ou tableau politique de l'Europe, depuis 1786 jusqu'en 1796, par le Comte de Ségur. 5e édit. — Paris, *Eymery*, 1828. 3 vol.

1081 L'année historique, ou revue annuelle des questions et des évènements politiques en France, en Europe et dans les principaux Etats du monde, par J. Zeller. — Paris, *Hachette*, années 1860-61-62. 3 vol.

1067 Histoire de la décadence et de la chute de l'Empire romain, traduite de l'anglais d'Edouard Gibbon, par Guizot, nouvelle édit., avec notice sur l'auteur. — Paris, *Lefèvre*, 1819. 13 vol.

715 Abrégé de l'histoire ancienne de M. Rollin, par l'abbé Tailhié, 5e édit. — Lyon, *Robert et Gauthier*, 1801. 5 vol.

356 Abrégé de l'histoire romaine à l'usage des jeunes gens, par l'abbé Tailhié, nouv. édit. — Lyon, *Robert et Gauthier*, 1801. 5 vol.

880 Histoire universelle de J.-Aug. de Thou depuis 1543 jusqu'en 1607, traduite sur l'édit. latine de Londres. — Londres, 1734. 16 vol.

350 L'esprit de l'histoire ou lettres politiques et morales d'un père à son fils sur la manière d'étudier l'histoire en général et particulièrement l'histoire de France, par Ant. Ferrand, 2e édit. — Paris, *Vve Nyon*, 1803. 4 vol.

268 Histoire de la rivalité de la France et de l'Angleterre, par Gaillard. — Paris, *Blaise*, 1818. 6 vol.

217 Histoire de la révolution d'Angleterre depuis l'avènement de Charles 1er jusqu'à sa mort, par Guizot. 3e
édit. — Paris, *Didier*, 1841. 2 vol.

229 Histoire de la civilisation en France depuis la chute de
l'Empire romain, par Guizot, 4e édit. — Paris, *Didier*,
1843. 1 vol.

229bis Histoire générale de la civilisation en Europe depuis
la chute de l'Empire romain jusqu'à la Révolution
française, par Guizot, 5e édit. — Paris, *Didier*, 1842.
vol.

932 Trois générations, 1789-1814-1848. — Paris, *Michel
Lévy frères*, 1861. 1 vol.

232 Histoire des Gaulois depuis les temps les plus reculés
jusqu'à l'entière soumission de la Gaule à la domination romaine, par Amédée Thierry. — Paris, *Sautelet,* 1828. 3 vol.

237 Récits des temps mérovingiens, précédés de considérations sur l'histoire de France, par Aug. Thierry. 2e
édit. — Paris, *Tessier,* 1842. 2 vol.

238 Dix ans d'études historiques, par Aug. Thierry, 4e édit.
— Paris, *Tessier,* 1842. 1 vol.

216 Histoire de la conquête de l'Angleterre par les Normands, de ses causes et de ses suites etc., par Aug.
Thierry, 6e édit. — Paris, *Tessier,* 1843. 4 vol. et un
atlas.

556 Histoire des mœurs et de la vie privée des Français ;
usages, coutumes etc., par de la Bédollière. — Paris,
Victor Lecou, 1847. 3 vol.

799 Histoire de la vie privée des Français, depuis l'origine
de la nation jusqu'à nos jours, par Le Grand d'Aussy,
avec des notes par de Roquefort. — Paris, *Simonnet,*
1815. 3 vol.

224 Histoire d'Allemagne depuis les temps les plus reculés
jusqu'à nos jours, d'après les sources, par Pfister, traduit de l'allemand par Paquis. — Paris, *Beauvais,*
1837. 11 vol.

231 Histoire de la régénération de la Grèce, précis des évé-
nements de 1740 à 1824, par Pouqueville. — Paris,
Firmin Didot, 1824. 4 vol.

219 Essai sur l'histoire des Arabes et des Mores d'Espagne,
par Louis Viardot. — Paris, *Paulin,* 1833. 2 vol.

844 Histoire de la domination des Arabes et des Mores en Espagne et en Portugal, traduite de l'arabe en espagnol par de Marlès. — Paris, *Eymery*, 1825. 3 vol.

619 Histoire d'Espagne depuis les premiers temps jusqu'à nos jours, par Romey. — Paris, *Furne et C*, 1839. 9 vol.

994 Tableau de l'Espagne moderne par Bourgoing, 4e édit. — Paris, *Tourneisen*, 1807. 3 vol.

728 Histoire de la Turquie, par de Lamartine. — Paris, *aux bureaux du Constitutionnel*, 1854. 8 vol.

225 Histoire de la République de Venise, par Daru, 2e édit. — Paris, *Firmin Didot*, 1821. 8 vol.

749 L'insurrection en Chine depuis son origine jusqu'à la prise de Nankin, par Callery et Yvan. — Paris, *Lib. nouvelle*, 1853. 1 vol.

838 Essai sur l'histoire ancienne et moderne de la nouvelle Russie, par de Castelnau. — Paris, *Rey et Gravier*, 1827. 3 vol.

366 La Pologne historique, littéraire, monumentale et pittoresque, rédigée par une société de littérateurs sous la direction de L. Chodzko. — Paris, au bureau central, 1835-1836, 3 vol ; 5e édit., 1844, 1 vol.; 6e édit., 1846-47, 1 vol.

699 Histoire de Pologne, par Joachim Lelevel, publiée par les soins des Polonais. — Paris, *Libr. polonaise*, 1844. 2 vol.

215 Histoire d'Angleterre, depuis la première invasion des Romains, par le Dr John Lingard ; trad. de l'anglais (2e édit.) par le Baron de Roujoux et Marlès, 2e édit. — Paris, *Desbarres*, 1837, et *Paul Mellier*, 1842. 22 vol.

233 Histoire des Français, par Simonde de Sismondi. — Paris, *Aug. Durand*, 1826. 31 vol.

221 Histoire des républiques italiennes du moyen âge, par Simonde de Sismondi, nouv. édit. — Paris, *Furne et C*, 1840. 10 vol.

493 Histoire des Français depuis le temps des Gaulois jusqu'en 1830, par Théophile Lavallée, 5e édit. — Paris, *Hetzel*, 1845. 2 vol.

370 Journal historique et politique des principaux évènements des différentes cours de l'Europe, de l'année
1773 à 1779 inclusivement. — Genève; Paris, *Lambert.*
29 vol. (Manque tome 22).

271 Histoire philosophique et politique des établissements
et du commerce des Européens dans les deux Indes
avec supplément de Peuchet et un atlas. — Paris,
Costes et Cie, 1821. 12 vol.

272 Histoire philosophique et politique des établissements
et du commerce des Européens dans l'Afrique septentrionale, avec supplément de Peuchet. — Paris, *Pierre
Maumus*, 1826. 2 vol.

264 Histoire de France depuis le 18 brumaire jusqu'à la
paix de Tilsitt, par Bignon. — Paris, *Vve Béchet,*
1829, 10 vol.

355 Histoire de France depuis les Gaulois jusqu'à la mort
de Louis XVI, par Anquetil. — Paris, *Lebigre*, 1832.
13 vol. en sept tomes.

887 Histoire d'Ecosse sous les règnes de Marie Stuart et de
Jacques VI, jusqu'à l'avènement de ce prince à la cou-
ronne d'Angleterre, par Robertson, trad. de l'anglais.
Londres, 1784. 4 vol.

1036 Tableau de l'histoire de France depuis le commencement de la monarchie jusqu'à la fin du règne de
Louis XIV inclusivement. — Paris, *Lottin*, 1769.
2 vol.

230 Histoire de la révolution grecque par Alex. Soutzo. —
Paris, *Firmin Didot*, 1829.   vol.

234 Histoire des croisades, par Michaud, 6e édit., précédée
d'une vie de Michaud par Poujoulat. — Paris, *Furne
et Cie*, 1841. 6 vol.

206 Introduction à la science de l'histoire, par Buchez. —
Paris, *Guillaumin*, 1842. 2 vol.

552 Traits remarquables de l'histoire universelle, par
Stretch, trad. de l'anglais par d'Auriol. — Paris, *Vve
Maire-Nyon*, 1838. 1 vol.

897 Insignia Gentilitia equitum ordinis velleris avrei, fecia-
lium verbis enuntiata, a Joanne Jacobo Chiffletio, latine et gallice producta. — Antuerpiæ, *Balthasari
Moreti*, 1632. 1 vol.

896 Anastasis Childérici I, Francorum regis, sive thesaurus sepulchralis, Auctore J. J. Chiffletio. — Antuerpiæ, *Balthasari Moreti,* 1655. 1 vol.

223 Histoire des guerres des Gaulois et des Français en Italie, par Jubé et Servan. — Paris, *Bernard,* 1805. 5 vol.

353 Histoire de la campagne d'Egypte sous le règne de Napoléon le Grand, par Thibaudeau, nouv. édit. — Paris, *Husard,* 1839. 2ᵈ vol. seulement.

354 Histoire de la campagne d'Italie sous le règne de Napoléon le Grand, par Thibaudeau, nouv. édit. — Paris, *Husard,* 1839. 3 vol.

1287 Correspondance intime de l'armée d'Egypte interceptée par la croisière anglaise, par Laurédan-Larchey. — Paris, *biblioth. originale, Pincebourde,* 1866. 1 vol.

266 Histoire des campagnes de 1814 et 1815 par le général Guillaume de Vaudoncourt. — Paris, *Gastel,* 1826. 5 vol.

1110 Fragments d'une histoire des Arsacides, ouvrage posthume de St-Martin publié sous les auspices du min. de l'Instr. publ. — Paris, *Imprimerie nationale,* 1850. 2 vol.

1213 Histoire des empires de Chaldée et d'Assyrie, d'après les monuments, depuis l'établissment définitif des Sémites en Mésopotamie jusqu'aux Séleucides, par J. Oppert. — Versailles, *Beau jeune,* 1865. 1 vol.

1271 Histoire des Ducs de Normandie jusqu'à la mort de Guillaume le Conquérant, par Labutte. — Paris, *Furne, Jouvet et Cⁱᵉ,* 1866. 1 vol.

1295 Les monuments de l'histoire de France, catalogue des productions de la sculpture, de la peinture et de la gravure, relatives à l'histoire de la France et des Français. Paris, *Delion,* 1863. 10 vol.

949 Histoire de la réuuion de la Bretagne à la France, par l'abbé Irail. — Paris, *Durand,* 1764. 1 vol.

235 Histoire des ducs de Bourgogne, de la maison de Valois, par de Barante. — Paris, *Furne et Cⁱᵉ,* 1842. 8 vol.

495 Recherches historiques sur la principauté française de Morée et ses hautes baronies, par Buchon. — Paris, *Renouard et Cⁱᵉ,* 1845. 4 vol.

1144 Histoire du royaume mérovingien d'Austrasie, par Huguenin. — Paris, *Durand*, 1862. 1 vol.

1250 L'Italie en 1865, souvenir d'une mission à Florence, à l'occasion du 600e anniversaire de Dante, par Hippeau. Paris, *libr. Centrale*, 1866. 1 vol.

1046 La Turquie et ses différents peuples, par Henri Mathieu, 2e édit. — Paris, *Dentu*, 1857. 2 vol.

747 Histoire générale des temps modernes depuis la prise de Constantinople par les Turcs jusqu'à la Révolution française, par Ragon, 6e édit. — Paris, *Colas*, 1855. 4 vol.

536 Précis historique de la Gaule sous la domination romaine, par Théophile Berlier. — Paris, *Legrand et Bergounioux*, 1835. 1 vol.

1276 Souvenirs de la Terreur, mémoires inédits d'un curé de campagne (l'abbé Dumesnil), publiés par le baron Ernouf. — Paris, *Maillet*, 1866. 1 vol.

1265 Intrigues politiques des princes du sang sous l'administration des cardinaux de Richelieu et de Mazarin, par Fallue. — Paris, *Renouard*, 1867. 1 vol.

563 Le gouvernement de Louis XIV, ou la cour, l'administration des finances et le commerce de 1683 à 1689, par Pierre Clément. — Paris, *Guillaumin et Cie*, 1848. 1 vol.

1177 La Vendée en 1793, par Eug. Bonnemère. — Paris, *Librairie internationale*, 1866, 1 vol.

263 Histoire de la guerre de Vendée, ou tableau des guerres civiles de l'Ouest depuis 1792 jusqu'en 1815, par de Beauchamp. — Paris, *Michaud*, 1820. 4 vol.

457 De l'influence de la philosophie sur les forfaits de la Révolution, par un officier de cavalerie. — Paris, *Lottin*. 1 vol.

613 Précis de l'histoire de la Révolution et de l'Empire, France et Europe, 1789-1814, par Camille Rousset. — Paris, *Chamerot et Amyot*, 1849. 1 vol.

975 Considérations sur les principaux évènements de la Révolution française, ouvrage posthume de Mme la Baronne de Staël, publié par le duc de Broglie et le baron de Staël. — Paris, *Delaunay*, 1818. 3 vol.

260 Histoire de la Révolution française, par Thiers, 11e édit.
— Paris, *Furne et Cie,* 1843. 10 vol.

1011 Histoire du Consulat et de l'Empire, faisant suite à
l'histoire de la Révolution française, par Thiers. —
Paris, *Paulin, Lheureux et Cie,* 1860. 18 vol.

352 Histoire populaire de la Révolution française, de 1789
à 1830, par Cabet. — Paris, *Pagnerre,* 1840. 4 vol.

405 Le mode français, ou discours sur les principaux usages
de la nation française. — Londres, 1786. 1 vol.

950 Journal historique de la dernière campagne de l'armée
du roi, en 1746, avec une carte du Brabant. — La
Haye, *Scheurleer,* 1747. 1 vol.

664 Bibliographie des Mazarinades, publiée pour la Société
de l'histoire de France, par Moreau. — Paris, *Renouard et Cie,* 1851. 3 vol.

813 Les nièces de Mazarin, étude de mœurs et de caractères au XVIIe siècle, par Amédée Renée, 2e édition.
— Paris, *Firmin Didot,* 1857. 1 vol.

500 Diplomata et Chartæ Merovingicæ ætatis, in archivo
Franciæ asservata. — Paris, *Kœppelin,* 1848. 2 vol.

565 Histoire des races maudites de la France et de l'Espagne, par Francisque Michel. — Paris, *Franck,*
1847. 2 vol.

1238 Essai sur la domination française en Syrie, durant le
moyen âge, par Rey. — Paris, *Tunot et Cie,* 1866.
1 vol.

1178 Coup d'œil sur quelques points de l'histoire générale
des peuples slaves et de leurs voisins, les Turcs et les
Finnois, par Viquenel. — Lyon, *Pinier,* 1865. 1 vol.

541 Etude sur l'insurrection du Dhara, 1845-46, par Ch.
Richard. — Alger, *Bastide, Dubos et Marest,* 1846.
1 vol.

1212 Souvenirs historiques par le Vicomte de Walsh, 4e édit.
Paris, *Vermot et Cie.* 1 vol.

1281 Histoire abrégée de la régence de Tunis, par Alphonse
Dilhan. — Paris, *Balitout, Questroy et Cie,* 1866.
1 vol.

1085 Etudes historiques, politiques et littéraires sur les Juifs d'Espagne, par Don José Amador de Los Rios ; trad. en français par Magnabal. — Paris, *Durand,* 1861. 1 vol.

1185 Recueil général des formules usitées dans l'Empire des Francs, du Vᵉ au Xᵉ siècle, par Eug. de Rozières. — Paris, *Aug. Durand,* 1861. 2 vol.

1162 Découverte, reconnaissance et déposition du cœur du roi Charles V, dans la cathédrale de Rouen, en mai-juin 1862, par l'abbé Cochet. — Paris, *Aubry,* 1862. 1 vol.

839 Tableau de la Grande-Bretagne, de l'Irlande et des possessions anglaises dans les 4 parties du monde. — Paris, *Jansen,* an VIII. 4 vol.

218 Histoire de la contre-révolution en Angleterre, sous Charles II et Jacques II, par Armand Carrel. — Paris, *Sautelet et Cⁱᵉ,* 1827. 1 vol.

943 Histoire de la guerre sous le règne du très chrétien roy de France et de Navarre, Henri IV, par Pierre-Victor Cayet. — Paris, *Richert,* 1608. 3 vol.

944 Chronologie septenaire de l'histoire de la paix entre les rois de France et d'Espagne, depuis le commencement de 1598 jusqu'à la fin de 1604, par Cayet. — Paris, *Richert,* 1605. 2 vol.

992 Histoire géographique, politique et naturelle de la Sardaigne, par Azuni. — Paris, *Levrault,* 1802. 2 vol.

973 Essai sur l'histoire générale et sur les mœurs et l'Esprit des nations depuis Charlemagne jusqu'à nos jours, par Voltaire. — *Cramer frères,* 1756. 7 vol.

1268 Philippi Clüveri ; Germaniæ antiquæ, libri tres. — Lugduni Batavorum, Ludovicum Elzevirium. 1 vol.

1283 Le grand dictionnaire historique ou le mélange curieux de l'histoire sacrée et profane, 2ᵉ édition, divisée en deux tomes, revue par Louis Moreri, prêtre. — Lyon, *Jean Girin et Barthélemy Rivière,* 1681. 1 vol.

2015 Mémoires et négociations secrètes de la cour de France touchant la paix de Munster, contenant les lettres, réponses, mémoires, avis secrets du Roi, du cardinal Mazarin et du comte de Brienne, avec les réponses des plénipotentiaires. — Amsterdam, *Chatelain frères,* 1710. 1 vol.

594 Essai sur l'histoire des bourgeoisies du roi, des sei-
gneurs et des villes, par Droz aîné. — Besançon,
Daclin, 1760. 1 vol.

1248 Louis XIV. — Paris, *Dumaine*, 1869. 1 vol.

1280 Richelieu. — Paris, *Dumaine*, 1869. 1 vol.

1088 Frédéric II. — Paris, *Dumaine*, 1869. 1 vol.

675 Vie de saint Louis, roi de France, par le Nain de Tille-
mont, avec notes, par de Gaulle. — Paris, *Renouard*,
1847. 5 vol.

886 Histoire des chevaliers hospitaliers de saint Jean de
Jérusalem, appelés depuis chevaliers de Rhodes, et
aujourd'hui chevaliers de Malte, par l'abbé de Vertot,
nouv. édit. — Paris, *Brocas*, 1778. 7 vol.

952 Histoire de Louis XI, par Duclos. — Paris, *Guérin
frères*, 1745. 3 vol.

952bis Recueil de pièces pour servir de suite à l'histoire de
Louis XI, par Duclos. — La Haye, *Jean Neaulme*,
1746. 1 vol.

954 Histoire de Louis XII, par de Laroche. — Paris, *Audot*,
1817. 1 vol.

881 Histoire de François Ier, roi de France, dit le grand
roi et le père des lettres, par Gaillard. — Paris,
Saillant et Nyon, 1769. 7 vol.

960 Histoire du roi Henri le Grand, composée par messire
Hardouin de Péréfixe. — Paris, *Bailly*, 1786. 1 vol.

879 Histoire de Louis XIII, roi de France et de Navarre,
contenant les choses les plus remarquables arrivées
en France et en Europe, depuis la découverte, au
cardinal de Richelieu, du traité négocié à Madrid,
jusqu'à la mort du roi, par Michel Le Vassor, nouv.
édit. — Amsterdam, 1757. 7 vol.

876 Histoire du règne de Louis XIV, roi de France et de
Navarre, 2e édition, par de Limiers. — Amsterdam,
1720. 3 vol.

691 Histoire de l'empire d'Allemagne, contenant son origine,
son progrès, ses révolutions, la forme de son gouvernement, etc., par Heiss. — Paris, *Barbin*, 1684. 1 v.

267 Histoire de Napoléon, par de Norvins, 5e édit., ouv.
orné de vignettes, de portraits et de cartes. — Paris,
Furne, 1834. 4 vol.

410 Histoire du retour et du règne de Napoléon, en 1815,
pendant les Cent jours, renfermant les proclamations,
ordonnances, décrets, etc., par Lallement. — Paris,
1832. 1 vol.

999 Papiers et correspondance de la famille impériale. —
Paris, *Imprimerie nationale ; librairie Beauvais*,
1872. Tomes I et II et livraisons 17 à 25 inclus.

681 Discours et messages de Louis-Napoléon Bonaparte,
depuis son retour en France jusqu'au 2 décembre
1852. — Paris, *Plon frères*, 1853. 1 vol.

1027 Discours, messages et proclamations de l'empereur.
— Paris, *Henri Plon,* 1860. 1 vol.

700 Histoire de Napoléon III, empereur des Français,
comprenant sa vie politique et privée, etc., par Adrien
Pascal. — Paris, *Barbier*, 1853. 1 vol.

1065 Pensées des deux empereurs, Napoléon Ier et Napoléon
III, recueillies par Martial Bretin. — Paris, *Fontaine*, 1859. 1 vol.

1290 Procès criminel de Jehan de Poitiers, seigneur de St-
Vallier, publié d'après les manuscrits originaux de la
bibliothèque impériale, avec une introduction et des
notes. par Guiffrey. — Paris, *Lemerre*, 1868. 1 vol.

933 Essai historique sur l'Angleterre. — Paris, *Etienne
frères,* 1761. 1 vol.

934 Histoire de l'empereur Charles VI et des révolutions
arrivées dans l'empire sous le règne des princes de
l'auguste maison d'Autriche, par M. L. D. M. —
Amsterdam, *Lhonoré et fils,* 1747. 1 vol.

962 Histoire de l'ancien gouvernement de la France, avec
14 lettres historiques sur les Parlements ou Etats-
Généraux, par feu le comte de Boulainvilliers. — La
Haye et Amsterdam, 1727. 4 vol.

846 Histoire du Schisme des Grecs, par Louis Maimbourg,
de la compagnie de Jésus. — Paris, *Mabre-Cramoisy,*
1677. 2 vol.

1259 Histoire de l'année 1865, par M. Le Hir. — Paris,
aux bureaux de la Revue mensuelle, 1866. 1 vol.

530 Pièces diverses et correspondances relatives aux opérations de l'armée d'Orient en Egypte. — Paris, *Baudoin,* an IX. 1 vol.

1077 Histoire des souverains du Maghreb (Espagne et Maroc), et annales de la ville de Fez, trad. de l'Arabe, par Beaumier. — Paris, *Imprimerie impériale,* 1860. 1 vol.

1131 Atlas historique et pittoresque, ou histoire universelle disposée en tableaux synoptiques, illustré de cartes et de planches, ouv. fondé par Baquol, continué par Schnitzler. — Strasbourg, *Simon,* 1861. 3 vol.

VII. — CHRONIQUES & MÉMOIRES

1094 Chronique des quatre premiers Valois, 1327-1393, publiée pour la première fois par Siméon Luce. — Paris, *Vve Renouurd*, 1862. 1 vol.

882 Mémoires de S. H. (St-Hilaire), contenant ce qui s'est passé en France depuis le décès de Mazarin jusqu'à la mort de Louis XIV. — Amsterdam, *Arstée et Merkus,* 1766. 4 vol.

883 Vie du maréchal duc de Villars, écrite par lui-même et donnée au public par Anquetil. — Paris, *Moutard,* 1785. 4 vol.

926 Mémoires du règne de Pierre le Grand, empereur de Russie, père de la Patrie, par Ivan Nestesuranoï, nouv. édit. — Amsterdam, *Wetsteins et Smith,* 1740. 5 vol.

927 Mémoires politiques et militaires pour servir à l'histoire de Louis XIV et de Louis XV, composés sur les pièces originales recueillies par le maréchal de Noailles, par l'abbé Millot. — Paris, *Moutard,* 1777. 6 vol.

928 Mémoires de mademoiselle de Montpensier, fille de Gaston d'Orléans, frère de Louis XIII, nouv. édit. — Maëstricht, *Dufour et Roux,* 1776. 8 vol.

935 Histoire publique et secrète de la cour de Madrid, depuis l'avènement du roi Philippe V, jusqu'au commencement de la guerre avec la France, 2ᵉ édition. — Liège, 1719. 1 vol.

940 L'intrigue du cabinet sous Henri IV et Louis XIII, terminée par la Fronde, par Anquetil. — Paris, *Moutard,* 1780. 4 vol.

942 Mémoires de Messire Philippe de Commines, seigneur d'Argenton, contenant l'histoire des rois Louis XI et Charles VIII, depuis 1464 à 1478, édition nouv. par Godefroy. — Bruxelles, *Foppens,* 1723. 5 vol.

946 Mémoires du maréchal de Berwick, écrits par lui-même, avec une suite abrégée depuis 1716 jusqu'à sa mort en 1734. — En Suisse, chez les *libraires associés,* 1778. 2 vol.

947 Mémoires de Maximilien de Béthune, duc de Sully, principal ministre de Henri le Grand, mis en ordre avec des remarques, par M. L. D. L. D. L., nouv. édition. — Londres, 1763. 8 vol.

1071 Mémoires du duc de Sully, nouv. édition. — Paris. *Etienne Ledoux*, 1827. 6 vol.

948 Recueil des pièces les plus curieuses qui ont été faites pendant le règne du connétable de Luynes, 4ᵉ édition, augmentée des pièces les plus rares de ce temps, 1622. 1 vol.

956 Mémoires de la régence de S. A. R. Monseigneur le duc d'Orléans, durant la minorité de Louis XV, roi de France. — La Haye, *Jean van Duren*, 1737. 3 v.

957 Mémoires du comte de Brienne, ministre et premier secrétaire d'Etat, contenant les évènements les plus remarquables des règnes de Louis XIII et Louis XIV, jusqu'à la mort de Mazarin. — Amsterdam, *Bernard*, 1720. 1 vol.

958 Testament politique du marquis de Louvois, premier ministre d'Etat sous le règne de Louis XIV. — Cologne, 1676. 1 vol.

959 Testament politique du maréchal duc de Belle-Isle. — Amsterdam, 1761. 1 vol.

963 Mémoires de madame la duchesse de Mazarin ; extrait des œuvres de l'abbé de St-Réal, tome V. — Amsterdam, *Mortier*, 1730. 1 vol.

964 Mémoires de M. D. L. R. (M. de la Rochefoucauld), sur les brigues à la mort de Louis XIII, les guerres de Paris et de Guyenne et la prison des Princes. — Cologne, *Van Dick*, 1717. 1 vol.

965 Mémoires et réflexions sur les principaux évènements du règne de Louis XIV, par M. L. M. D. L. F. (M. le marquis de la Fare). — Amsterdam, *Bernard*, 1740. 1 vol.

966 Mémoires du duc de Navailles et de Lavalette, pair et maréchal de France. — Amsterdam, *Jean Malherbe*, 1750. 1 vol.

967 Mémoires de Gaspard, comte de Chavagnac, maréchal de camp ès-armées du roi. — Besançon, *Rigoine*, 1699. 2 vol.

968 Mémoires de M. Duguay-Trouin, lieutenant-général des armées navales. — Amsterdam, *Mortier*, 1748. 1 vol.

969 Mémoires historiques, politiques, critiques et littéraires, par Amelot de la Houssaie. — Amsterdam, *Le Cène*, 1722. 2 vol.

970 Même ouvrage. — Amsterdam, *Zacharie Châtelain*, 1737. 3 vol.

971 Mémoires du maréchal de Bassompierre, contenant l'histoire de sa vie. — Amsterdam, 1723. 4 vol.

976 Mémoires de M. le baron de Bézenval, lieutenant-général des armées du roi, sous Louis XV et Louis XVI, écrits par lui-même. — Paris, *Buisson*, 1805. 4 vol.

225 Lettres et mémoires choisis parmi les papiers originaux du maréchal de Saxe. — Paris, *Smits et Cie*, 1794. 5 vol.

227 Mémoires et correspondance du maréchal de Catinat, mis en ordre et publiés d'après les manuscrits inédits, par Bernard. — Paris, *Amable Costes et Cie*, 1820. 3 vol.

228 Mémoires du baron de Tott sur les Turcs et les Tartares. — Amsterdam, 1784. 4 vol. en 2 tomes.

399 Mémoires du général Dumouriez, écrits par lui-même. — Londres, 1794. 1 vol.

397 Correspondance particulière du comte de Saint-Germain, ministre et secrétaire d'Etat de la guerre avec M. Paris Duverney, conseiller d'Etat, avec la vie du comte. — Paris, *Buisson*, 1789. 1 vol.

1260 Mémoires de Frédéric II, roi de Prusse, écrits en français par lui-même, avec notes et tables, par Boutaric et Campardon. — Paris, *Plon*, 1866. 1er et 2e v.

875 Mémoires de Condé, servant d'éclaircissement et de preuves à l'histoire de M. de Thou. — Londres, *Rollin fils*, 1743. 6 vol.

240 Chroniques étrangères relatives aux expéditions françaises pendant le XIIIe siècle, publiées et traduites par Buchon. — Paris, *Mairet*, 1841. 1 vol. (Panthéon littéraire).

241 Les chroniques de sire Jean Froissart, nouvellement revues et annotées par Buchon. — Paris, *Société du Panthéon littéraire*, 1843. 3 vol.

242 Choix de chroniques et mémoires sur l'histoire de France, avec notes littéraires, par Buchon. Juvénal des Ursins, Christine de Pisan, etc. — Paris, *Aug. Desrez*, 1838. 1 vol.

243 Chroniques d'Enguerrand de Monstrelet, avec notices biographiques, par Buchon. — Paris, *Aug. Desrez*, 1840. 1 vol. (Panthéon littéraire).

244 Choix de chroniques et mémoires avec notices, par Buchon ; Mathieu de Coucy, Jean de Troyes, etc. — Paris, *Aug. Desrez*, 1840. 1 vol. (Panthéon littéraire).

245 Choix de chroniques, etc., par Buchon ; œuvres historiques inédites de sire Georges Chastelain. — Paris, *Mairet et Fournier*, 1841. 1 vol.

246 Choix de chroniques, etc., par Buchon ; Philippe de Commines, Guillaume de Villeneuve, etc. — Paris, *Société du Panthéon littéraire*, 1842. 1 vol.

247 Choix de chroniques, etc. ; Jacques Duclercq et Jean Lefèvre de St-Remy. — Paris, *Aug. Desrez*, 1838. 1 vol.

248 Choix de chroniques, etc., (XIVe siècle), par Buchon ; le loyal Serviteur, Guillaume de Marillac, etc. — Paris, *Mairet et Fournier*, 1842. 1 vol.

249 Choix de chroniques, etc., (XVe siècle), par Buchon ; commentaires du maréchal Blais de Montluc. — Paris, *Aug. Desrez*, 1838. 1 vol.

250 Choix de chroniques, etc., par Buchon ; mémoires de Gaspard de Saulx Tavannes ; Boivin du Villars. — Paris, *Aug. Desrez*, 1839. 1 vol.

251 Choix de chroniques, etc., (XVIe siècle), par Buchon ; de Coligny, de Castelnau, de la Noue, etc. — Paris, *Aug. Desrez*, 1839. 1 vol.

252 Choix de chroniques, etc., (XVIe siècle), par Buchon ; de Rabutin, d'Aubigné. — Paris, *Aug. Desrez*, 1836. 1 vol.

253 Choix de chroniques, etc., par Buchon ; Palma Cayet. — Paris, *Aug. Desrez*, 1836. 2 vol.

254 Choix de chroniques, etc., par Buchon; Robert Ma-
quéreau, comte de Cheverny, etc. — Paris, *Aug.
Desrez*, 1838. 1 vol.

255 Choix de chroniques, etc., par Buchon; les négociations du président Jeannin. — Paris, *Aug. Desrez*,
1838. 1 vol.

264 Mémoires pour servir à l'histoire de France sous le
règne de Napoléon, écrits à Ste-Hélène sous sa dictée,
par les généraux qui ont partagé sa captivité, 2e édition. — Paris, *Bossange*, 1830. 9 vol.

338 Mémorial de Ste-Hélène, ou journal où se trouve consi-
gné jour par jour ce qu'a dit et fait Napoléon durant
18 mois, par le comte de Las Cases. — Paris, *l'Auteur*, 1823. 8 vol.

372 Correspondances secrète, politique et littéraire, ou mémoires pour servir à l'histoire des cours, des sociétés
et de la littérature en France depuis la mort de Louis
XV. — Londres, *John Adamson*, 1787. 10 vol.

373 Les actes des Apôtres, (par *Rivarol)*, publiés à Paris
pendant la Révolution française. 21 vol.

VIII. — OUVRAGES CONCERNANT LA FRANCHE-COMTÉ

888 Histoire de l'Eglise, ville et diocèse de Besançon, par
Dunod de Charnage. — Besançon, *Daclin,* 1750. 2 v.

892 Histoire généalogique des Sires de Salins au Comté de
Bourgogne, avec des notes sur l'ancienne noblesse de
cette province, par Guillaume, prêtre. — Besançon,
Vieille, 1757. 2 vol.

605 Mémoires historiques sur la ville et seigneurie de Po-
ligny, avec des recherches sur le comté de Bourgogne,
par messire François-Félix Chevalier. — Lons-le-
Saunier, *Delhorme,* 1767. 2 vol.

604 Histoire de la Franche-Comté ancienne et moderne,
précédée d'une description de cette province, par Eug.
Rougebief. — Paris, *Stévenard,* 1851. 1 vol.

722 Histoire de l'abbaye de St-Claude depuis sa fondation
jusqu'à son érection en évêché, dédiée à Mr Mabille,
par l'abbé de Ferroul-Montgaillard. — Lons-le-Saunier, *F. Gauthier,* 1855. 2 vol.

1015 Annales historiques et chronologiques de la ville d'Arbois, département du Jura, depuis son origine jusqu'à
1830, par Bousson de Mairet. — Arbois, 1856. 1 vol.

578 Notes historiques sur la ville de Lons-le-Saunier, par
Perrin, avocat. — Lons-le-Saunier, *Gauthier,* 1850. 1 v.

606 Notes historiques sur le département du Jura, et
spécialement sur les princes qui en possédèrent la
souveraineté avant 1789, par Perrin. — Lons-le-Saunier, *Gauthier,* 1852. 1 vol.

607 Notes historiques sur les villes et principaux bourgs
du département du Jura, par Perrin. — Lons-le-Saunier, *Gauthier,* 1851. 1 vol.

1287 Mémoires et documents inédits pour servir à l'histoire
de la Franche-Comté, publiés par l'Académie de Besançon. — Besançon, *Outhenin-Chalandre fils,* 1868;
tomes 4, 6 et 7. 3 vol.

470 Dissertation sur l'établissement de l'abbaye de Saint-
Claude, ses chroniques, ses légendes, ses chartes, ses
usurpations et sur les droits de ses habitants (par
Christin), 1772. 1 vol.

912 Recherches historiques sur la ville de Gray au Comté de Bourgogne, par Crestin, procureur au bailliage de Gray. — Besançon, *Couché,* 1788. 1 vol.

908 Mémoire pour les curés et prêtres, familiers, chapelains natifs de la ville de Dole, défendeurs, contre le chapitre de la même ville, demandeur ; signé : Chenu, prêtre et Philippon. — Besançon, *Couché,* 1769.

909 Recherches historiques sur la ville de Dôle dans le département du Jura, par de Persan. — Dole, *Joly,* 1812. 1 vol.

910 Dissertation historique et critique sur l'antiquité de la ville de Dole en Franche-Comté, par Joseph Normand. — Dole, *Tonnet,* 1744. 1 vol.

517 Histoire de la Franche-Comté ancienne et moderne par Romain Joly, capucin, (sans date).

593 La découverte entière de la ville d'Antre en Franche-Comté qui fait changer de face à l'histoire ancienne civile et ecclésiastique de la même province et des provinces voisines ; 1re partie.

Les méprises des auteurs de la critique d'Antre ; 2e partie. — Amsterdam, *Thomas Lombrail,* 1709. 1 vol.

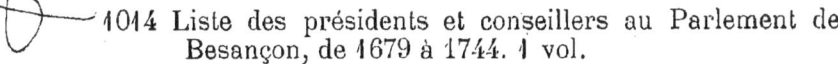

1014 Liste des présidents et conseillers au Parlement de Besançon, de 1679 à 1744. 1 vol.

IX. — HISTOIRE DES PROVINCES ET DES VILLES

258 Mémoires pour servir à l'histoire du Comté de Bourgogne, par Dunod de Charnage. — Besançon, *Charmet,* 1740. 1 vol.

259 Histoire du second royaume de Bourgogne, du Comté
de Bourgogne sous les rois carlovingiens des 3e et 4e
royaume de Bourgogne etc., par Dunod de Charnage.
Dijon, *De Fay,* 1737. 2 vol.

432 Observations sur les titres des droits de justice des fiefs,
des cens, des gens mariés et des successions, par Dunod de Charnage. — Besançon, *Daclin,* 1756. 1 vol.

434 Traité des prescriptions, de l'aliénation des biens de
l'Eglise et des dîmes suivant le droit civil du Comté
de Bourgogne, par Dunod de Charnage, nouv. édit.
— Paris, *Briasson,* 1765. 1 vol.

889 Histoire des Séquanais et de la province séquanaise des
Bourguignons et du premier royaume de Bourgogne,
par Dunod de Charnage. — Paris, *Briasson,* 1735.
2 vol.

901 Historicorum Burgundiæ conspectus ex bibliotheca
Philiberti de la Mare, Regï ordinis Militis Senatoris
Divionensis. — Divione, *Ressayre,* 1689. 1 vol.

904 Alphonsi Delbene episcopi albiensis, ac domini albiæ,
De regno Burgundiæ transjuranæ et Arelatis, libri
tres. — Lugduni, *Roussin,* 1602. 1 vol.

905 Dissertatio historica de Burgundia cis et transjurana,
auctore Daniele Schœpflino.--Argentorati.--*Reinholdi
Dulsseckeri,* 1731. 1 vol.

906 Abrégé chronologique de l'histoire ecclésiastique, civile
et littéraire de Bourgogne jusqu'en 1772, par Mille.
— Paris, *Delalain,* 1771. 1 vol.

893 Essai sur l'histoire des premiers rois de Bourgogne et
sur l'origine des premiers Bourguignons. — Paris,
Delalain, 1770. 1 vol.

918 Histoire abrégée du Comté de Bourgogne, à l'usage des
collèges, nouv. édit. — Besançon, *Charmet,* 1780.
1 vol.

907 Mémoires historiques sur les guerres du XVIe siècle dans le Comté de Bourgogne. — Besançon, *Couché,* 1788. 1 vol.

917 Histoire des guerres des deux Bourgognes sous les règnes de Louis XIII et Louis XIV, par Béguillet. — Dijon, *de Fay,* 1772. 1 vol.

894 Rerum Burgundicarum, libri sex, autore Ponto Heutero Delfio. — Antuerpiæ, *Plantini,* 1584. 1 vol.

895 De l'origine des Bourgongnons et antiquité des estats de Bourgongne, par Pierre de Sainct-Julien, doyen de Châlon. — Paris, *Chesneau,* 1581, 1 vol.

863 Nouvelle histoire de l'abbaye royale et collégiale de St-Philibert et de la ville de Tournus, avec figures, par un chanoine de l'abbaye. — Dijon, *de Fay,* 1733. 1 vol.

865 L'illustre Orbandale ou l'histoire ancienne et moderne de la ville et cité de Châlon-sur-Saône, (auteur probable, Léonard Bertrau, religieux minime). — Châlon-sur-Saône, *Pierre Cusset,* 1662. 2 vol.

903 Recherches et mémoires servant à l'histoire de l'ancienne ville et cité d'Autun, par Jean Munier. — Dijon, *Chavance,* 1660. 1 vol.

913 Histoire de l'Eglise d'Autun. — Autun, *de Jussieu,* 1774. 1 vol.

856 Annales de Bourgogne, par Guillaume Paradin de Cuyseaulx, avec une table. — Lyon, *Antoine Griphins,* 1566. 1 vol.

997 Le Parlement de Bourgogne, son origine, son établissement et son progrès, par Pierre Palliot, imprimeur du roi. — Dijon, *Palliot,* 1649. 1 vol.

997bis Continuation de l'histoire du Parlement de Bourgogne depuis 1649 à 1733, par le sieur François Petitot. — Dijon, *de Fay,* 1733. 1 vol.

257 Quelle est l'origine des droits de main-morte dans les provinces qui ont composé le premier royaume de Bourgogne? Dom Grappin, bénédictin. — Besançon, *Couché,* 1779. 1 vol.

920 Histoire ecclésiastique et civile, politique, littéraire et topographique du diocèse de Langres et de celui de Dijon, qui en est un démembrement, par l'abbé Demangin. — Paris, *Bauche,* 1765. 3 vol.

921 Essai historique et biographique sur Dijon, par Girault, jurisconsulte. — Dijon, *Lagier*, 1814. 1 vol.

857 Recueil de plusieurs pièces curieuses servant à l'histoire de Bourgogne, par messire Etienne Perrard, conseiller du Roy. — Paris, *Claude Cramoisy*, 1664. 1 vol.

911 Le comté de Montbéliard agrandi et enrichi au préjudice de la Franche-Comté par l'échange conclu en 1786 entre le Roi et le duc de Wirtemberg, par Bailly-Briet, avocat. — 1789. 1 vol.

1181 Alezia (7e campagne de Jules César), par Ernest Desjardins. — Paris, *Didier et Cie*, 1859. 1 vol.

862 Mémoire concernant l'histoire ecclésiastique et civile d'Auxerre, par l'abbé Lebœuf. — Paris, *Durand*, 1743, 2 vol.

866 Histoire du pays et duché de Berry, par le sieur de la Thaumassière, avocat au Parlement. — Bourges, *Jean Toubeau*, 1689. 1 vol.

861 Histoire de Metz, par des religieux bénédictins. — Metz, *Pierre Marchal*, 1769. 4 vol.

878 Histoire de Blois, contenant les antiquités et singularités du comté de Blois, les éloges de ses comtes, etc. par Bernier. — Paris, *François Muguet*, 1682. 1 vol.

864 Histoire généalogique des Pays-Bas, ou Histoire de Cambray et du Cambrésis, contenant ce qui s'y est passé sous les empereurs et les rois de France et d'Espagne, par Jean le Carpentier. — Leyde, 1664. 2 vol.

916 Mémoire et consultation pour servir à l'histoire de l'abbaye de Château-Chalon (auteur présumé, Le Riche, intendant des domaines). — Besançon, *Fantet*, 1766. 1 vol.

685 Abrégé de l'histoire du Comté de Bourgogne et de ses souverains jusqu'au règne de Louis XV. — Besançon, *Couché*, 1787. 1 vol.

1055 Fragments biographiques et historiques extraits des registres du Conseil d'Etat de la ville de Genève, de 1535 à 1792. — Genève, *Manget et Cherbuliez*, 1815. 1 vol.

1174 La Seine-Inférieure historique et archéologique, par l'abbé Cochet. — Paris, *Derache*, 1864. 1 vol.

569 Angers et l'Anjou sous le régime municipal depuis leur réunion à la couronne jusqu'à la Révolution, par Blordier-Langlois. Angers, *Cornilleau et Maige*, 1843. 1 vol.

1199 Journal de Jean Grivel, seigneur de Perrigny, contenant ce qui s'est passé dans le comté de Bourgogne pendant l'invasion française et lorraine de 1595, par Achille Chereau. — Lons-le-Saunier, *Gauthier*, 1865. 1 vol.

661 Mémoire historique sur les deux délivrances de Condom, 1369-1374, par Gillot de Kerhardène. — Auch, 1847. 1 vol.

1148 Histoire civile et religieuse de la ville de Nice et du département des Alpes-maritimes, par l'abbé Tisserand. — Nice, *Visconti et Delbecchi*, 1862. 2 vol.

671 Histoire de la commune de Montpellier depuis son origine jusqu'à son incorporation à la France, par Germain. — Montpellier, *Martel*, 1851. 3 vol.

1150 Histoire du commerce de Montpellier, antérieurement à l'ouverture du port de Cette, par Germain. — Montpellier, *Martel*, 1861. 2 vol.

1203 La Rochelle protestante, recherches politiques et religieuses, 1626-1792, par Callot. — La Rochelle, 1863. 1 vol.

542 Histoire de Lisieux et de l'arrondissement, par Louis Du Bois. — Lisieux, *Durand*, 1845. 2 vol.

673 Le Limousin historique, histoire générale de l'ancienne province de Limousin, dirigée par Achille Leymarie. — Limoges, *Langle*, 1838. 1 vol.

496 Histoire de Libourne et des autres villes et bourgs de son arrondissement, par Guinodie aîné. — Bordeaux, *Henri Faye*, 1845. 3 vol.

566 Histoire des révolutions de Paris, par de Feuillide. — Paris, *Imprimeurs réunis*, 1847. 2 vol.

1102 Histoire des agrandissements de Paris, par Auguste Descauriet. — Paris, *F. Sartorius*, 1860. 1 vol.

1053 Paris au XIIIᵉ siècle, par Springer, trad. librement de l'allemand par un membre de l'édilité de Paris, avec notes. — Paris, *Aug. Aubry*, 1860. 1 vol.

236 Histoire physique, civile et morale de Paris, par Du-
laure, 6e édition, avec notes et appendice, par Belin.
— Paris, *Furne et Cie,* 1839. 8 vol. et un atlas.

1296 Histoire du château et des sires de St-Sauveur-le-Vi-
comte, suivie de pièces justificatives, par Léopold
Delisle. — Paris, *Durand,* 1867. 1 vol.

544 Histoire du Parlement de Paris, par Aubenas. — Paris,
1847. Tome 1er.

701 Histoire de l'église Ste-Geneviève, patronne de Paris
et de la France, ancien Panthéon français, par l'abbé
Ouin-Lacroix. — Paris, *Sagnier et Bray,* 1852. 1 v.

1279 Histoire du château de Blois, par de la Saussaye, 6e éd.
— Paris, *Aubry,* 1866. 1 vol.

X. – GÉOGRAPHIE, VOYAGES, ETC.

345 Précis de la géographie universelle ou description de
toutes les parties du Monde, par Malte-Brun, 4ᵉ édit.,
revue par Huot. — Paris, *André et Vve Lenormant*,
1837. 12 vol.

1193 Notes sur l'île de la Réunion, par Maillard. — Paris,
Dentu, 1862. 1 vol.

983 Lettres sur la Morée et les îles de Sérigo, Hydra et
Zante, par Castellan. — Paris, *Agasse*, 1808. 2 vol.

1082 Eléments de statistique et de géographie générale, par
Boudin et Blanc. — Paris, *Henri Plon*, 1860. 1 vol.

860 Description de la Lorraine et du Barrois, par Durival
aîné. — Nancy, *Vve Leclerc*, 1778. 3 vol.

543 Géographie départementale classique et administrative
de la France, publiée sous la direction de MM. Badin
et Quantin. — Paris, *Dubochet*, 1847. (Seine-et-Oise,
Côte-d'Or, Aube, Seine-et-Marne, Aisne, Eure-et-
Loir, Nièvre, Marne, Oise, Saône-et-Loire, Cher,
Indre, Loiret, Ardennes, Hte-Marne). 15 vol.

762 Mouillages de la Méditerranée. — Brochure manuscrite
sans date.

1028 Le Monde ou histoire de tous les peuples, depuis les
temps les plus reculés, par St-Prosper, de Saurigny,
Duponchel, etc. — Paris, *Lebigre et Duquesne
frères*, 1859. 11 vol.

351 Abrégé de géographie, rédigé sur un nouveau plan
d'après les derniers traités de paix, par Balbi. —
Paris, *Renouard*, 1834. 1 vol.

1154 Manuel de géographie historique : ancienne Gascogne
et Béarn, par Bourdeau. — Paris, *Vve Renouard*,
1861. 1ᵉʳ tome seulement.

51 Eléments de géographie physique et de météorologie,
par Lecoq. — Paris, *Baillière*, 1836. 1 vol.

561 Précis de géographie historique universelle par Bar-
beret et Magin. — Paris, *Desobry et Magdeleine*,
1841. Tome 1ᵉʳ seulement.

265 Mémoires sur l'Egypte, publiés pendant les campagnes du général Bonaparte, an VI et an VII. — Paris, *Didot*, an VIII. 5 vol.

841 Description de l'Egypte, contenant des remarques sur la géographie ancienne de ce pays, d'après les mémoires de Maillet, par l'abbé de Mascrier. — Paris, *Rollin*, 1740. 2 vol.

1237 Mémoire sur l'ethnographie de la Perse, par Nicolas de Khanikoff. — Paris, *Martinet*, 1866. 1 vol.

474 Lettres sur l'Islande, par X. Marmier. — Paris, *Bonnaire*, 1838. 1 vol.

840 Description statistique, historique et politique des Etats-Unis de l'Amérique septentrionale, par de Warden. — Paris, *Rey et Gravier*, 1820. 5 vol.

1019 De Paris au Nouveau-Monde et du Nouveau-Monde à Paris, narration d'un voyage de 10 ans, par Etourneau. — Paris, *Bestel et Cⁱᵉ*, 1857. 3 vol.

979 Manuel du voyageur en Suisse, par Ebel. — Zurich, *Orell, Fussli et Cⁱᵉ*, 1805. 4 vol.

977 Voyage dans le Finistère ou état de ce département en 1794-95, par Cambry. — Paris, *librairie du cercle social*, an VII. 3 vol.

834 Voyage dans l'empire Ottoman, l'Egypte et la Perse, fait par ordre du gouvernement, par Olivier. — Paris, *Agasse*, an IX. 6 vol.

835 Voyage à Tripoli ou relation d'un séjour de 10 ans en Afrique, par Mac-Carthy, traduct. de l'anglais. — Paris, *Mongie*, 1819. 2 vol.

990 Voyage de M. Levaillant dans l'intérieur de l'Afrique, par le Cap de Bonne-Espérance, en 1781-82-83-84 et 1785. — Lauzanne, *Mourer*, 1790. 2 vol.

836 Voyage dans l'intérieur de l'Afrique par le cap de Bonne-Espérance, par Levaillant. — Paris, *Desray*, an VI. 5 vol.

870 Voyage à Surinam et dans l'intérieur de la Guyane, par le capitaine Stedman, trad. de l'anglais par Henry. — Paris, *Buisson*, an VII. 3 vol. et 1 atlas.

868 Voyage dans l'hémisphère austral et autour du Monde fait sur l'*Aventure* et la *Résolution* en 1772-73-74-75, écrit par Jacques Cook, trad. de l'anglais. — Paris, *hôtel de Thou*, 1778. 14 vol. et 3 atlas.

842 Nouvelle relation de l'intérieur du sérail du Grand Seigneur, par Tavernier. — Rouen, *Machuel*, 1724. 6 vol.

843 Remarques sur divers endroits de l'Italie, par Addison, pour servir au voyage de Misson. — Utrecht, *Van de Water*, 1722. 4 vol.

712 Promenades pittoresques à Hyères ou notice historique et statistique sur cette ville et les environs, par Denis. — Paris, *Gayet et Lebrun*, 1841. 1 vol.

770 Le Canada, par Shéridan-Hogan. — Montréal, *John Lovell*, 1855. 1 vol.

646 Voyage en Perse de MM. Eug. Flandin et Pascal Coste, 1840-41. — Paris, *Gide et Baudry*, 1851. 2 vol. (Voir Beaux-Arts, 507).

697 Voyage en Turquie et en Perse, par Xavier Omer de Hell, avec album de 100 planches, par Jules Laurens. — Paris, *Bertrand*, 1854. 4 vol. (Voir Beaux-Arts, 697 bis).

1192 Belain d'Esnambuc et les Normands aux Antilles. — Paris, *Achille Faure*, 1863. 1 vol.

1297 La Suède, son développement moral, industriel et commercial, par Lyungberg, avec tableaux, trad. par de Lilliehock. — Paris, *Dubuisson et Cⁱᵉ*, 1867. 1 v.

640 Voyage en Ethiopie, au Soudan oriental et dans la Nigritie, par Trémeaux. — Paris, *Hachette*, 1862. 2 vol. (Voir Beaux-Arts, 640 bis).

785 Le Tyrol et le nord de l'Italie, par Frédéric Mercey, 2ᵉ édition. — Paris, *Artus Bertrand*, 1845. 2 vol.

820 Expédition scientifique en Mésopotamie, exécutée par ordre du gouvernement de 1851 à 1854, par MM. Fulgence Fresnel, Félix Thomas et Jules Oppert, par Jules Oppert. — Paris, *imprim. imp.*, 2 v. et 1 atlas.

1021 La Toscane et le midi de l'Italie, notes de voyage, par de Mercey. — Paris, *Artus Bertrand*. 2 vol.

1073 Souvenirs et récits de voyages : les Alpes françaises et la Haute-Italie, par de Mercey. — Paris, *Ferdinand Sartorius*, 1857. 1 vol.

480 Correspondance inédite de Mabillon et de Montfaucon, avec l'Italie, suivie des lettres inédites de Quesnel, par Valéry. — Paris, *Jules Labitte*, 1846. 3 vol.

620 Expédition dans les parties centrales de l'Amérique du Sud, de Rio de Janeiro à Lima et de Lima au Para, sous la direction de Francis de Castelnau. — Paris, *Bertrand*, 1850. 6 vol.

987 Voyage dans les îles Baléares et Pithiuses, fait en 1801, 1802, 1803, 1804 et 1805, par André Grasset de Saint-Sauveur. — Paris, *Collin*, 1807. 1 vol.

984 Voyages dans les parties sud de l'Amérique septentrionale, par Williams Bartram ; Philadelphie, 1791 ; Londres, 1792 ; trad. de l'anglais par Benoît. — Paris, *Carteret et Brosson*, an VII. 2 vol.

432 Voyage en Orient, par M. A. B. D. — Paris, *aux bureaux de l'Année littéraire,* an IX. 1 vol.

995 Courses de Bâle à Bienne par les vallées du Jura. — Bâle, *Serini*, 1789. 1 vol.

1117 L'Océanie nouvelle, colonies, migrations, mélanges, par Alfred Jacobs. — Paris, *Michel Lévy*, 1861. 1 v.

1180 Histoire de l'archipel Havaiien (îles Sandwich), texte et traduction, par Jules Rémy. — Paris, *Franck*, 1862. 1 vol.

837 Histoire générale des voyages, ou nouvelle collection de toutes les relations de voyages par mer et par terre, avec cartes et figures. — Paris, *Didot*, 1750. 80 vol. (Manque tomes 36, 39 et 40)

978 Voyage de Hornemann dans l'Afrique septentrionale, depuis le Caire jusqu'à Mourzouk, capit. du Fezzan, avec notes, par Rennell ; trad. de l'anglais. — Paris, *Dentu*, an XI. 1 vol.

1292 Voyage en Terre-Sainte, par de Saulcy. — Paris, *Didier et Cie*, 1865. 2 vol.

698 Voyage autour de la mer Morte et dans les terres bibliques, en 1851, par de Saulcy. — Paris, *Gide et Baudry*, 1850-52. 2 vol. et 1 atlas.

1047 Voyage dans l'Amérique centrale, l'île de Cuba et le Yucatan, par Arthur Morelet. — Paris, *Gide et Baudry*, 1857. 2 vol.

783 Mœurs, cérémonies et institutions des peuples de l'Inde, par l'abbé Dubois. — *Imprimerie royale*, 1825. 2 vol.

753 La Syrie, la Palestine et la Judée; pélerinage à Jérusalem et aux Lieux-Saints, par le R. P. Laorty-Hadji, 28ᵉ édition. — Paris, *Bollé-Lasalle*, 1854. 1 vol.

546 Voyage aux sources du Rio de San-Francisco et dans la province de Goyaz, par Aug. de St-Hilaire.— Paris, *Artus Bertrand*, 1847. 2 vol.

1275 Une campagne sur les côtes du Japon, par Alfred Roussin. — Paris, *Hachette*, 1866. 1 vol.

1300 Souvenirs de Hué (Cochinchine), par Michel-duc Chaigneau, consul de France, grand mandarin.— Paris, *Challamel*, 1867. 1 vol.

618 Souvenirs d'un voyage dans la Tartarie, le Thibet et la Chine, en 1844-45 et 46, par Huc.— Paris, *Adrien Le Clère*, 1850. 2 vol.

991 Voyage historique, littéraire et pittoresque dans les îles Vénitiennes du Levant, par André Grasset de St-Sauveur. — Paris, *Tavernier*, an VIII. 3 vol.

986. Journal d'un voyage dans l'intérieur de l'Amérique septentrionale, trad. de l'anglais et annoté par Noël. — Paris, *Lavillette*, 1793. 2 vol.

980 Voyage à la partie orientale de la Terre-Ferme dans l'Amérique méridionale, fait en 1801, 1802, 1803 et 1804, par Depons. — Paris, *Colnet*, 1806. 3 v.

832 Voyage autour du monde et principalement à la côte N.-O. de l'Amérique, en 1786-87-88, à bord du King-George et de la Quenn-Charlotte, par les capitaines Portlock et Dickson, traduit de l'anglais par Lebas. — Paris, *Maradan*, 1789. 1 vol.

833 Relation des îles Pelew, composée sur les indications du capitaine Henri Wilson, traduite de l'anglais de ·Georges Keate. — Paris, *Le Jay*, 1788. 1 vol.

575 Histoire philosophique et politique des établissements et du commerce des Européens dans les deux Indes. — La Haye, *Gosse*, 1774. 4 vol.

988 Voyage à la Louisiane et sur le continent de l'Amérique septentrionale, fait de 1794 à 1798, par B. D. — Paris, *Dentu*, an XI. 1 vol.

989 Voyage aux colonies orientales ou lettres écrites des îles de France et de Bourbon pendant les années 1817 à 1820 à M. le comte de Montalivet, par Aug. Billiard. — Paris, *Ladvocat*, 1822. 1 vol.

985 Voyage à Madagascar, au Maroc et aux Indes Orientales, par Alexis Rochon. — Paris, *Prault et Levrault*, an X. 3 vol.

1002 Voyage dans les mers du Nord, à bord de la corvette la « Reine Hortense », par Ch. Edmond. — Paris, *Michel Lévy*, 1857. 1 vol.

364 Lettres édifiantes et curieuses écrites des missions étrangères, nouv. édit. avec gravures. — Lyon, *Vernarel*, 1819. 14 vol.

1037 Le mont Olympe et l'Acarnanie, exploration de ces deux régions, par Heuzey. — Paris, *Firmin Didot*, 1860. 1 vol.

779 Un atlas ancien sans titre, ni date, ni nom d'auteur. 1 v.

1308 Voyage aux 2 Nils, exécuté de 1860 à 1864 par ordre de l'Empereur, par Guillaume Lejean ; texte et atlas. Paris, *Hachette*. 2 vol.

Voyage dans la Turquie d'Europe ; description physique et géologique de la Thrace, par Viquesnel. — Paris, *Gide*, 1861. 2 vol. et 1 atlas.

Voyage dans la péninsule arabique du Sinaï et l'Egypte moyenne ; histoire, géographie, épigraphie, par Lottin de Laval. — Paris, *Gide et Cie*, 1855-59. 1 vol et 1 atlas.

XI. — BIOGRAPHIE

847 Histoire de d'Aubusson de la Feuillade, grand-maître de Rhodes, par le P. Bouhours de la Cie de Jésus, 4e édition, avec notes par de Billy. — Paris, *Goujon*, 1806. 1 vol.

554 Le Plutarque français : vies des hommes et femmes illustres de la France avec leurs portraits en pied, *publiées par Mennechet. — Paris, *Crapelet*, 1838. 8 vol.

631 Galerie des gens de lettres au XIXe siècle, par Ch. Robin, avec portraits d'après nature. — Paris, *Lecou*, 1848. 1 vol.

104 Les artisans illustres, par Edouard Foucaud, sous la direction du baron Dupuis et de Blanqui aîné. — Paris, *Béthune et Plon*, 1841. 1 vol.

993 Vie du capitaine Cook, trad. de l'anglais du Dr Kippis par Castera. — Paris, 1789. 1 vol.

492 Noblesse et chevalerie du comté de Flandre, d'Artois et de Picardie, publié par Roger. — Amiens, *Duval et Herment*, 1843. 1 vol.

711 Revue historique de la noblesse, publiée par André Borel d'Hauterive. — Paris, au *Bureau de la publication*, 1841. 4 vol.

1080 Iconographie grecque, par Visconti, chevalier de l'Empire. — Paris, *Didot aîné*, 1811. 7 vol.

702 Histoire des plus célèbres amateurs étrangers, Espagnols, Anglais, Flamands, Hollandais et Allemands, par Dumesnil. — Paris, *Vve Renouard*, 1860. 1 vol.

702bis Histoire des plus célèbres amateurs italiens, par Dumesnil. — Paris, *Renouard et Cie*, 1853. 1 vol.

788 Histoire des plus célèbres amateurs français, par Dumesnil. — Paris, *Vve Renouard*, 1858. 4 vol.

914 Notice sur la vie et les ouvrages de Mairet (extrait de la biographie universelle) par Weiss.

915 Notice sur Granvelle (extrait de la biographie universelle), par Weiss.

1044 La vie de St-Thomas le martyr, archevêque de Canter-
bury, par Garnier de Pont Ste-Maxence, publiée et
précédée d'une introduct. par Hippeau. — Paris, *Aubry*, 1859. 1 vol.

831 Les Jurassiens recommandables par des bienfaits, des
vertus, des services plus ou moins utiles etc., par
Désiré Monnier. - Lons-le-Saunier. *Gauthier*, 1828.
1 vol.

643 Notice historique sur la Tour d'Auvergne Corret, premier grenadier de France, par Calohar. — Paris,
Gauthier-Laguionie, 1841. 1 vol.

1262 Lord Byron : Histoire d'un homme, par de Lescure,
2e édit. — Paris, *Faure*, 1866. 1 vol.

1306 Les oubliés : Bernard Palissy, par Louis Audiat. —
Paris, *Gaultier-Villars*, 1864. 1 vol.

1146 Suger et la monarchie française au 12e siècle, 1108-1152
par Huguenin. — Paris, *Durand*. 1 vol.

1032 Histoire des grands panetiers de Normandie et du franc
fief de la grande panèterie, par de Belbeuf. — Paris,
Dumoulin, 1856. 1 vol.

744 Recueil de lettres de Victor de Lanneau, fondateur
et chef de l'institution de Ste-Barbe, avec notice biographique par Quicherat. — Paris, *Duverger*, 1851.
2 vol.

645 Mémoires sur l'enfance et la jeunesse de Napoléon
jusqu'à l'âge de 23 ans, précédés d'une notice historique sur son père, par Nasica. — Paris, *Ledoyen*,
1852. 1 vol.

1048 Histoire de la famille Bonaparte depuis son origine
jusqu'en 1860, par Ambrosini et Huard. — Paris,
Lebigre-Duquesne frères, 1859. 1 vol.

1200 La vérité sur la mort de J.-J. Rousseau, par le docteur
Achille Chereau. — Paris, 1866. 1 vol.

786 Jeanne d'Arc ; sa mission et son martyre, par Renzy.
Paris, *Garnier frères et Dentu*, 1855. 1 vol.

955 Histoire de Jeanne d'Arc dite la Pucelle d'Orléans, par
l'abbé Langlet du Fresnoy. — Amsterdam, *par la Cie*.
1775. 1 vol.

951 Histoire ou Éloge historique de Colbert, ministre
d'État. 1784. 1 vol.

562 Histoire de la vie et de l'administration de Colbert,
contrôleur général des finances, précédée d'une étude
historique sur Fouquet, par P. Clément. — Paris,
Guillaumin. 1846. 1 vol.

953 La vie de Philippe d'Orléans, petit-fils de France,
régent du royaume pendant la minorité de Louis XV
par M. L. M. D. M. — *Londres*, 1736. 2 vol.

884 Histoire de Louis de Bourbon, second du nom, prince
de Condé, surnommé le Grand, par Désormeaux. —
Paris, *Desaint*, 1768. 4 vol.

937 Histoire de Marguerite d'Anjou, reine d'Angleterre,
par l'abbé Prévost. — Amsterdam, *Desbordes*, 1740.
1 vol.

854 La vie de Madame de Maintenon, institutrice de la
royale maison de St-Cyr. — Paris, *Buisson,* 1786.
1 vol.

919 Histoire du cardinal de Granvelle, archevêque de Be-
sançon, vice-consul de Naples, ministre de Charles-
Quint et de Philippe II, roi d Espagne. — Paris,
Duchesne, 1761. 1 vol.

925 La vie du Cardinal duc de Richelieu. nouv. édit. par
Leclerc. — Amsterdam, 1753. 5 vol.

769 Vie des grands hommes, par de Lamartine. — Paris,
aux bureaux du Constitutionnel, 1855. 4 vol.

902 Lettre touchant Béatrix, comtesse de Châlons, laquelle
déclare quel fut son mari, quels ses enfants, ses an-
cêtres et ses armes, envoyée à M. Lantin, par le P.
Chifflet, jésuite. — Dijon, *Chavance*, 1656. 1 vol.

936 Histoire de Gustave Adolphe, roi de Suède, par M. D.
M.., composée principalement sur les manuscrits de
Arkenholtz. — Amsterdam, *Châtelain,* 1764. 4 vol.

961 Les imposteurs démasqués et les usurpateurs punis,
ou histoire de plusieurs aventuriers, etc. — Paris,
Nyon, 1776. 1 vol.

972 Histoire du maréchal de Boucicaut, grand connétable
de l'empire de Constantinople, — Paris, *Coignard,*
1697. 1 vol.

421 Vie de l'Empereur Julien, par l'abbé de La Bleterie,
nouv. édit. — Paris, *Delalain*, 1775. 1 vol.

425 Les grands hommes vengés ou examen des jugements
portés par M. de V. et par quelques autres philosophes
sur plusieurs hommes célèbres, par des Sablons. —
Amsterdam, 1769. 1 vol.

1205 Jean Guiton, dernier maire de la Rochelle (1628), par
Callot. — La Rochelle, *Caillaud*, 1847. 1 vol.

XII. — BIBLIOGRAPHIE ET DIVERS

574 Collection complète de tous les ouvrages pour et contre M. Necker, avec des notes. — Utrecht, 1781. 1 vol.

1190 Inscriptions chrétiennes de la Gaule, antérieures au VIIIᵉ siècle, réunies et annotées par Edmond le Blant. — Paris, *imprimerie impériale*, 1856. 2 vol.

1298 Cartulaire de Sauxillanges publié par l'Académie des sciences de Clermont-Ferrand, avec notes par d'Oniol. — Paris, *Dumoulin*, 1864. 1 vol.

1159 Cartulaire de Brioude publié par l'Académie des sciences de Clermont-Ferrand, avec notes par d'Oniol. — Paris, *Dumoulin*, 1863. 1 vol.

505 Catalogue général des cartulaires des archives departementales, publié par la Société des Archives départementales et communales. — Paris, *impr. royale*, 1847. 1 vol.

573 Répertoire bibliographique universel, par Gabriel Peignot. — Paris, *Renouard*, 1812. 1 vol.

1155 Philo-biblion ; excellent traité sur l'amour des livres, par Richard de Bury, trad. en français par Hippolyte Cocheris. — Paris, *Aubry*, 1856. 1 vol.

1240 Le château de la Malmaison ; histoire, description, catalogue des objets exposés sous les auspices de S. M. l'Impératrice, par de Lescure. — Paris, *Plon*, 1 vol.

1189 Catalogue des manuscrits et livres imprimés de la ville de Vesoul. — Vesoul, *Suchaux*, 1863. 1 vol.

726 Traditions populaires comparées, par Désiré Monnier, aidé de la collaboration de M. Vingtrinier. — Paris, *Dumoulin*, 1854. 1 vol.

632 Catalogue raisonné d'une collection de livres, pièces et documents réunis par Jules Goddé, avec des notes du collecteur. — Paris, *Potier*, 1850. 1 vol.

1186 Catalogue général et raisonné des camées et pierres gravées de la bibliothèque impériale, par Chabouillet. — Paris, *Rollin*. 1 vol.

806 L'enseignement primaire des sourds-muets mis à la portée de tout le monde, par Pellissier. — Paris, *Paul Dupont*, 1856. 1 vol.

855 Lettres de diverses personnes écrites à M. Blanchard (Chéri), propriétaire du château de Bourdieu, Vertheuil (Médoc). — Bordeaux, *Gounouilhou*, 1866. 1 vol.

1269 Histoire des armes offensives et défensives en Espagne, par Callard. — Paris, G. *Kugelmann*, 1867. 1 vol.

1302 Recherches sur la Bibliothèque publique de l'Eglise Notre-Dame de Paris, au XIIIe siècle, par Alfred Franklin. — Paris, *Aubry*, 1863. 1 vol.

665 Compte de l'argenterie des rois de France au XIVe siècle, publié par Douet d'Arcq. — Paris, *Renouard et Cie* 1851. 1 vol.

484 Histoire de l'Université de Paris, par Eug. Dubarle. — Paris, *Didot frères*, 1844. 2 vol.

1132 Ste-Hélène, par Masselin, dessins de Staal. — Paris, *Plon*, 1862. 1 vol.

804 Notes d'un voyage en Auvergne et dans le Limousin par Prosper Mérimée. — Paris, *Fournier*, 1838.

568 Notes d'un voyage dans l'Ouest de la France, par Prosper Mérimée. — Paris, *Fournier*, 1836.

567 Notes d'un voyage dans le midi de la France, par Prosper Mérimée. — Paris, *Fournier*, 1835.

641 Histoire de la marine française par le Cte de Lapeyrouse-Bonfils. — Paris, *Dentu*, 1845. 3 vol.

784 La Normandie souterraine ou notice sur des cimetières romains et des cimetières francs explorés en Normandie, par l'abbé Cochet. — Paris, *Derache*, 1854. 1 vol.

XIII. — DICTIONNAIRES, JOURNAUX & REVUES

527 Encyclopédie ou dictionnaire raisonné des sciences, des arts et des métiers, par une société de gens de lettres, mis en ordre et publié par Diderot et d'Alembert. — Paris, *Briasson, David, Lebreton, Durand,* 1751. 35 vol.

369 L'esprit de l'Encyclopédie ou choix des articles les plus agréables, les plus curieux et les plus piquants de ce grand dictionnaire; (ouvrage manuscrit sans nom d'auteur, ni date), 14 vol.

Revue des Deux-Mondes, 1874-75. 1879 à 1885.

La Réforme politique, littéraire, philosophique, scientifique et économique, 1876-1880.

1134 La critique française, années 1861, 1862, 1863.

666 Athénœum Français, journal universel de la littérature, de la science et des beaux-arts, années 1852-53-54 et 1855. 7 vol.

794 Revue contemporaine. Août, octobre et décembre 1856, années 1857 et 1858, (double édition), 1865, 1866, 1867, 1870.

1010 Revue européenne, années 1859-60-64.

2014 Supplément du dictionnaire économique contenant divers moyens d'augmenter son bien et de conserver sa santé, etc., par Noel Chomel, Prêtre, augmenté par divers curieux, surtout par Pierre Roger, fig. par un disciple de feu Picard le Romain. — Commercy, *Henry Thomas,* 1741. 2 vol.

2016 L'art du tuilier et du briquetier par Duhamel, Fourcroy et Gallon, 1763. 1 vol.

945 Le Mercure Français ou la suite de l'histoire de la paix commencant l'an 1605 pour suite du septenaire du D. Cayer et finissant au sacre du Très Chrétien roy de France et de Navarre Louys XIII. — Paris, *Jean Richer,* 1619. 25 vol. en 48 tomes.

360 Observations sur les écrits modernes. — Paris, *Chaubert,* 1735. 33 vol.

380 Encyclopédie méthodique. Antiquités , mythologie , diplomatique des chartes et chronologie. — Paris, *Panckouke*, 1792, (jusqu'à la lettre P inclus.) ; 4 vol.

344 Dictionnaire de l'Académie française, 6ᵉ édition, publiée en 1835. — Paris, *Firmin Didot*, 1835. 2 vol. et un complément.

1157 Errata du Dictionnaire de l'Académie française ou remarques critiques sur les irrégularités qu'il présente, par Pautex, 2ᵉ édit. — Paris, *Hachette, Cherbuliez, Dezobry*, 1862. 1 vol.

504 Dictionnaire géographique, historique, industriel et commercial de toutes les communes de la France et de plus de 20000 hameaux en dépendant, illustré de gravures , par Girault de Saint-Fargeau. — Paris, *Firmin Didot*, 1844. 3 vol.

1151 Nouveau dictionnaire des ouvrages anonymes et pseudonymes, la plupart contemporains, avec les noms des auteurs ou éditeurs, accompagné de notes historiques et critiques, par de Marme; nouv. édit. — Lyon , *Scheuring*, 1862. 1 vol.

1252 Manuel des Courses — France, Angleterre, Belgique, Allemagne. Dictionnaire du Turf ; par de Mirabal. — Paris, *Paul Dupont, Dentu*, 1867. 1 vol.

374 Recueil de planches pour le Dictionnaire de l'Intelligence des auteurs classiques de Sabbathier. — Paris, *Delalain*, 1773. 1 vol.

767 Annuaire du Jura, années 1810–11–15–32–33–40–41–43– 44–45–46–47–48–49–50–51–54–55–56–57–58–59–60–61– 62–63–64–65–66–67. 31 volumes.

1106 Annales franc-comtoises, revue religieuse, historique et littéraire. — Besançon, *Jacquin et Turbergue*. Années 1864 et 1865. 24 nᵒˢ.

872 Nouveau Dictionnaire historique ou histoire abrégée des hommes qui se sont fait un nom par des talents, des vertus, des forfaits et des erreurs depuis le commencement du monde jusqu'à nos jours, etc., par Chaudon et Delandine ; 8ᵉ édition. — Lyon, *Bruyset, ainé*. An XII. 13 vol.

406 Dictionnaire classique de géographie ancienne pour l'intelligence des auteurs anciens, etc. — Paris, *Lacombe*, 1768. 1 vol.

2025 Reports of the juries; Exhibition 1851. — London, *William Clowes et Sons,*, 1852. 1 vol.

1031 Dictionnaire universel d'histoire et de géographie, par Bouillet; nouv. édit. — Paris, *Hachette,* 1860. 1 vol.

674 Revue administrative; journal des administrations centrales et départementales, etc., par une société d'administrateurs et de jurisconsultes· — Paris. *Paul Dupont,* 1847-48-49. 3 vol.

1229 Cours d'administration à l'usage spécial de MM. les officiers proposés pour le grade de major, par Grandamy : appendice. — Paris, *Dumaine,* 1865. 1 vol.

1313 L'instruction primaire dans le Jura par E. Girard; extrait des mémoires de la société d'Emulat. du Jura. Lons-le-Saunier, *Gauthier, frères,* 1873. 1 vol.

600 Travaux de la société d'Emulation du Jura pendant les années 1848-49 et 50. — Lons-le-Saunier, *Gauthier,* 1851. 2 vol.

1288 Mémoires de la société d'Emulation du Jura, années 1863-64-65-66-67-68-75. — Lons-le-Saunier, *Gauthier frères.*

721 Mémoires de la Société d'Emulation du Doubs, 1854-55-56-57. — Besançon . *Outhenin-Chalandre et Dodivers.*

427 Abrégé de la mythologie universelle ou Dictionnaire de la Fable, par Noel. — Paris, *Lenormant,* 1805. 1 vol.

547 Cent traités sur les connaissances les plus indispensables, ouvrage orné de gravures, par une société de savants. — Paris, *Dubochet, Lechevalier et Cⁱᵉ,* 1848. 2 vol.

548 Patria; la France ancienne et moderne, morale et matérielle, ou collection encyclopédique et statistique de tous les faits relatifs à l'histoire physique de la France, etc. ; par une société de savants. — Paris, *Dubochet, Lechevalier et Cⁱᵉ,* 1847. 2 vol.

550 Un million de faits; aide-mémoire universel des sciences, des arts et des lettres, par une société de savants ; 4ᵉ édition. — Paris, *Dubochet, Lechevalier et Cⁱᵉ,* 1846. 1 vol.

549 Enseignement élémentaire universel ou encyclopédie de la jeunesse, illustré de gravures par Andrieux de Brioude et Louis Baudet et une société de savants. — Paris, *Dubochet*, 1844. 1 vol.

1038 Réforme de l'Enseignement. Recueil des lois, décrets, arrêtés, etc., pendant le ministère de Fortoul de 1851 à 1856. — Paris, *Delalain*, 1856. 4 vol.

680 Dictionnaire géographique, historique et statistique des communes de la Franche-Comté et des hameaux qui en dépendent, etc., par Rousset, avec la collaboration de Frédéric Moreau. — Besançon, *Bintot*, 1853. 6 vol.

388 Bibliomappe ou Livre-Cartes ; leçons méthodiques de chronologie et de géographie, par une société de savants et de géographes, sous la direction de Daunou, Eyriès et Perrot. — Paris, *Renard*, 1824, 2 vol.

519 Bibliomappe-Cartes de l'Europe ancienne, Afrique et Asie, 1588.

Revue politique et littéraire (Revue bleue) ; année 1885.

Revue scientifique (Revue rose) ; année 1885.

XIV. — MATHÉMATIQUES, MÉCANIQUE
ASTRONOMIE & INDUSTRIE

118 Traité de géométrie descriptive, précédé d'une introduction qui renferme la théorie du plan et de la ligne
droite considérés dans l'espace, par Lefébure de
Fourcy, 3ᵉ édition. — Paris, *Bachelier*, 1837. 2 vol.

376 Traité élémentaire de statique à l'usage des écoles de
la marine, par G. Monge, 4ᵉ édit. — Paris, *Baudouin*,
an IX. 1 vol.

32 Géométrie descriptive, par Monge, suivie d'une théorie
des ombres et de la perspective, extraite des papiers
de l'auteur, par Brisson. — Paris, *Bachelier*, 1838.
1 vol.

105 Applications de la mécanique aux machines le plus en
usage, mues par l'eau, la vapeur, etc., par Taffe,
3ᵉ édit. — Paris, *Mathias*, 1843. 1 vol.

25 Eléments de statique suivis de quatre mémoires sur la
composition des moments et des aires sur le plan inva-
riable du système du monde. etc., par Poinsot, 8ᵉ édit.
— Paris, *Bachelier*, 1842. 1 vol.

23 Cours d'analyse de l'Ecole polytechnique, par Duhamel.
— Paris, *Bachelier*, 1841, 2 vol.

1039 L'année scientifique et industrielle, exposé annuel des
travaux scientifiques, des inventions, etc., par Louis
Figuier. — Paris, *Hachette*, années 1857-58-59 et 60.
4 vol.

1040 Les applications nouvelles de la science à l'industrie et
aux arts, en 1855, pour servir d'introduction à l'année
scientifique et industrielle, par L. Figuier, 2ᵉ édition.
— Paris, *Hachette*, 1857. 1 vol.

663 Matériaux pour servir à l'histoire comparée des sciences
mathématiques chez les Grecs et les Orientaux, par
Sédillot. — Paris, *Firmin Didot*, 1845-1849. 2 vol.

99 Dictionnaire de l'industrie manufacturière, commerciale
et agricole, contenant 1200 figures dans le texte, par
une société de savants. — Paris, *Dusillion*, 1843.
10 vol.

110 Histoire de la mesure du temps par les horloges, par Ferdinand Berthoud. — Paris, *Imprimerie de la République*, 1802. 2 vol.

111 Essai sur l'horlogerie, dans lequel on traite de cet art relativement à l'usage civil, à l'astronomie et à la navigation, etc., 2e édition, par F. Berthoud. — Paris, *Didot fils et Jombert*, 1786. 2 vol.

101 Traité élémentaire de mécanique industrielle; résumé des traités de Christian, Poncelet, d'Aubuisson, Coriolis, Hachette, Lantz et Bethancourt, etc., par S. Flachat. — Paris, *Tenré et Dupuis*, 1835. 1 vol.

102 Choix de modèles appliqués à l'enseignement du dessin des machines, avec un texte descriptif, par Le Blanc. — Paris, *Malher*, 1830. 1 vol.

24 Résumé des leçons d'analyse données à l'Ecole polytechnique par Navier, suivies de notes, par Liouville, cours de 1re année. — Paris, *Carillan-Gœry et Dalmont*, 1840. 1 vol.

42 Traité pratique de la partie d'art du cadastre contenant un procédé pour exécuter les triangulations cantonales, etc., par Busset. — Clermont-Ferrand, *Thibaut-Landriot*, 1827. 1 vol.

723 L'art du lapidaire, par H. Lançon, de Septmoncel. — Paris, *Garnier*, 1830. 1 vol.

114 Guide du mécanicien ou principes fondamentaux de mécanique expérimentale et théorique, appliqués à la composition et à l'usage des machines, par Suzanne. — Paris, *Rousselon*, 1826. 1 vol. (Texte).

107 Géométrie et mécanique des arts et métiers et des beaux-arts, cours normal à l'usage des artistes et des ouvriers, etc., par le baron Ch Dupin. — Paris, *Bachelier*, 1825. 3 vol.

108 Traité de l'économie des machines et des manufactures par Babbage, trad. de l'anglais sur la 3e édit. par Biot. — Paris, *Bachelier*, 1833. 1 vol.

35 Traité de la coupe des pierres, par Adhémar, 2e édit. — Paris, *Bachelier, Carillan-Gœry et Dalmont*, 1840. 1 vol.

30 Des turbines, de leur construction, du calcul de leur puissance et de leur application à l'industrie, par Houzeau. — Bruxelles, *Hauman et Cie*, 1839. 1 vol.

22 Traité de mécanique, par Poisson, 2ᵉ édit. — Paris, *Bachelier*, 1833. 2 vol.

389 Tables trigonométriques décimales, ou tables des logarithmes des sinus, sécantes et tangentes suivant la division du quart de cercle en 100°, etc., précédée de la table des logarithmes des nombres depuis 10.000 jusqu'à 100.000, etc., calculées par Borda, revues, augmentées et publiées par Delambre. — Paris, *Imprimerie de la République*, an IX. 1 vol.

824 Traité de la mécanique des corps solides et du calcul de l'effet des machines, par Coriolis, 2ᵉ édit. — Paris, *Carillan-Gœry et Dalmont*, 1844. 1 vol.

396 Développement nouveau de la partie élémentaire des mathémathiques prise dans toute son étendue, par Louis Bertrand. — Genève, *Isaac Bardin*, 1778. 2 vol et 1 atlas.

439 Rapport historique sur les progrès des sciences mathématiques depuis 1789 et sur leur état actuel, rédigé par Delambre. — Paris, *Imprimerie impériale*, 1810. 1 vol.

1074 Mémoires sur les roues hydrauliques à aubes courbes, mues par dessous, suivis d'expériences sur les effets mécaniques de ces roues, par Poncelet.—Metz, *veuve Thiel*, 1827. 1 vol.

390 Histoire générale des mathématiques depuis leur origine jusqu'en 1808, par Ch. Bossut. — Paris, *Louis*, 1810. 2 vol.

37 Cours de construction des ouvrages qui établissent la navigation des rivières et des canaux, professé à l'Ecole des ponts et chaussées, de 1832 à 1841, par Minard. — Paris, *Carillan-Gœry et Dalmont*, 1841. 1 vol. et un atlas.

38 Leçons faites sur les chemins de fer à l'Ecole des ponts et chaussées, en 1833-34, par Minard. — Paris, *Carillan-Gœry*, 1834. 1 vol.

442 Histoire et description des voies de communication aux Etats-Unis et des travaux d'art qui en dépendent, par Michel Chevalier. — Paris, *Ch. Gosselin*, 1840. 4 v.

31 Traité de géométrie descriptive, suivi de la méthode des plans cotés et de la théorie des engrenages avec 69 planches d'épures, par Leroy, 2ᵉ édit. — Paris, *Bachelier*, 1842. 2 vol.

106 Manuel du tourneur, par Bergeron, 2e édit., revue par Amelin Bergeron. — Paris, 1816. 3 vol.

1063 Les grandes usines : études industrielles en France et à l'étranger, par Turgan. — Paris, *Michel Lévy*, 1860 à 1870. 6 vol.

27 Traité élémentaire des machines, par Hachette, 4e édition. — Paris, *Corby*, 1828. 1 vol.

117 Traité de géométrie descriptive comprenant les applications de cette géométrie aux ombres, par Hachette, 2e édit. — Paris, *Corby*, 1828. 2 vol.

667 Expériences hydrauliques sur les lois de l'écoulement de l'eau à travers les orifices rectangulaires, etc., exécutées à Metz par Lesbros. — Paris, *Imprimerie nationale*, 1851. 1 vol.

40 Traité des machines à vapeur et de leur application à la navigation, aux mines, etc., traduit de l'anglais de Tredgold et augmenté de notes, par Mellet, 2e édit. — Paris, *Bachelier*, 1838. 1 vol.

43 Traité de mécanique industrielle ou exposé de la science de la mécanique etc., par Christian. — Paris, *Bachelier* 1822. 4 vol.

112 Traité théorique et pratique des machines locomotives, par le comte de Pambour, 2e édit. — Paris, *Bachelier*, 1840. 1 vol.

113 Théorie des machines à vapeur, par le comte de Pambour. — Paris, *Bachelier*, 1844. 1 vol. et 1 atlas.

26 Essai sur la composition des machines, par Lantz et Bétancourt, 3e édition. — Paris, *Bachelier*, 1840. 1 vol. et 1 atlas.

759 Le néopantomètre, instrument de géodésie et de topographie suivi de stadia et stadia-alidades, par Textor et Secrétan.—Toulon, *autographié chez Imbert*, 1846. 1 vol.

39 Traité de la construction des ponts, par Gauthey, publié par Navier. — Paris, *Firmin Didot*, 1809. 3 vol.

36 Traité de l'art de la charpenterie, par Emy. — Paris, *Carillan-Gœury, Anselin*, 1837. 2 vol. et 1 atlas.

719 L'industrie. Exposition de 1834, par St. Flachat. — Paris, 1834. 1 vol.

603 Rapport des délégués de l'industrie de St-Claude, à l'exposition de Londres, à MM. les membres de la chambre consultative des arts et manufactures, présenté par Félicien Regad et Buat. 1 vol.

845 De la tydologie ou de la science des marées, mémoire en forme d'instruction pour l'astronome de l'observatoire fondé à Milford - Haven par Ch. Gréville, par le chevalier de Sade. — Londres, *Juigné*, 1810. 2 vol.

49 Traité d'astronomie de John Herschell, traduit de l'anglais par Peyrot. — Paris, 1838. 1 vol.

829 Astronomie populaire par François Arago, publiée sous la direction de Barral.—Paris, *Gide et Baudry*, 1855. 4 vol.

44 Astronomie théorique et pratique, par Delambre. — Paris, *veuve Courrier*, 1814. 3 vol.

45 Histoire de l'astronomie ancienne, par Delambre. — Paris, *veuve Courrier*, 1817. 2 vol.

46 Histoire de l'astronomie du moyen-âge, par Delambre. — Paris, *veuve Courrier*, 1819 1 vol.

47 Histoire de l'astronomie moderne, par Delambre. — Paris, *veuve Courrier*, 1821. 2 vol.

48 Histoire de l'astronomie au XVIIIe siècle, par Delambre, publiée par Mathieu. — Paris, *Bachelier*, 1827. 1 vol.

471 Des révolutions des corps célestes par le mécanisme des rouages, par Antide Janvier. — Paris, *Didot aîné*, 1812. 1 vol.

1250 Qu'est-ce que le soleil? Peut-il être habité? par Coyteux. — Paris, *Gauthier-Villars*, 1866. 1 vol.

1035 Recherches sur les météores et sur les lois qui les régissent, par Coulvier-Gravier. — Paris, *Mallet-Bachelier*, 1859. 1 vol.

1293 Traité d'astronomie pour les gens du monde, avec des notes complémentaires pour les candidats au baccalauréat, etc., par F. Petit. — Paris, *Gauthier-Villars*, 1866. 2 vol.

777 Règle horaire universelle pour tracer des cadrans solaires sur toute sorte de plans réguliers déclinants et inclinés, par Haye. — Paris, *Vincent*, 1746. 1 vol.

1076 Nouveau moteur hydraulique remplaçant avantageu-
sement les autres moteurs dans toutes leurs applications, par Millot et Laplatte. — Paris, *Lahure*, 1864.
1 brochure.

XV. – PHYSIQUE, CHIMIE

869 Voyages métallurgiques ou recherches et observations sur les mines et forges de fer etc., par Jars. — Lyon, *Regnault*, 1774. 3 vol.

670 Dictionnaire des analyses chimiques, ou répertoire alphabétique des analyses de tous les corps etc., par Violette et Archambault. — Paris, *Baillière*, 1831. 2 vol.

387 Magnes sive de arte magnetica, opus tripartitum, editio secunda, authore Athanasio Kirchero è Societate Jesu. Coloniæ Agrippinæ apud Iodocum Kalcouen, anno 1643 (3ᵉ partie seulement). 1 vol.

133 Eléments de chimie minérale, par Rose. — Paris, *Dezobry et Magdeleine*, 1841. 1 v.

119 Histoire de la chimie, depuis les temps les plus reculés jusqu'à notre époque par Hœfer. — Paris, *Hachette*, 1842. 2 vol.

129 Traité de chimie appliquée aux arts, par Dumas. — Paris, *Béchet jeune*, 1828. 6 vol.

122 Leçons sur la philosophie chimique, professées au collège de France par Dumas, recueillies par Binau. — Paris, *Béchet jeune*, 1837. 1 vol.

652 Précis de chimie industrielle à l'usage des Ecoles préparatoires etc., par Payen, 2ᵉ édition. — Paris, *Hachette*, 1831. 1 vol. et un atlas.

128 Chimie appliquée à l'agriculture, par le comte Chaptal, 2ᵉ édition. — Paris, *Husard*, 1829. 2 vol.

137 Traité de chimie organique, par Justus Liebig. — Paris, *Fortin et Masson*, 1840-42-44. 3 vol.

138 Chimie appliquée à la physiologie végétale et à l'agriculture, par J. Liebig, trad. par Ch. Gerhardt, 2ᵉ édit. — Paris, *Fortin et Masson*, 1844. 1 vol.

139 Chimie organique appliquée à la physiologie animale et à la pathologie, par J. Liebig, trad. par Gerhardt. — Paris, *Fortin et Masson*, 1842. 1 vol.

132 Essais chimiques sur les arts et les manufactures de la Grande Bretagne, trad. de l'anglais de Sam. Parkes et de Martin par Delaunay, avec 20 planches. — Paris, *Colas*, 1820. 3 vol.

381 Œuvres philosophiques et mathématiques de S'Gravesande, rassemblées et publiées par Allamand, avec la vie de l'auteur. — Amsterdam, *Marc-Michel Rey,* 1774. 1 vol.

116 Traité de la fabrication de la fonte et du fer, envisagés sous les trois rapports, chimique, mécanique et commercial, par Flachat, Barrault et Petiet. — Paris, *Mathias,* 1842-45. 3 vol.

693 L'art de composer des pierres factices aussi dures que le caillou, et recherches sur la manière de bâtir des Anciens, etc., par Fleuret. — Paris, *Magimel,* 1807. 1 vol.

66 Eléments de cristallographie, par Gustave Rose, trad. de l'allemand par Victor Regnault. — Paris, *Hachette et F. Didot,* 1834. 1 vol, et un atlas.

130 Leçons de chimie appliquée dans la teinture, par Chevreul. —Paris, *Pichon et Didier,* 1830. 2 vol.

131 De la loi du contraste simultané des couleurs et de l'assortiment des objets colorés, par Chevreul. — Paris, *Pitois-Levrault,* 1839. 1 vol.

136 Considérations générales sur l'analyse organique et sur ses applications, par Chevreul. — Paris, *Levrault,* 1824. 1 vol.

144 Traité pratique d'analyse chimique, suivi de tables etc. par Henri Rose, trad. de l'allemand sur la 4e édition par Jourdan, avec notes par Peligot. -- Paris, *Baillière,* 1843. 2 vol.

123 Leçons de chimie élémentaire faites à l'Ecole municipale de Rouen par Girardin, 2e édit. — Rouen, *Baudry,* 1839. 1 vol.

124 Eléments de philosophie chimique, par Davy, traduits de l'anglais par Van Mons. — Paris, *Baillière,* 1826. 2 vol.

142 Traité des essais par la voie sèche, ou des propriétés de la composition et de l'essai des substances métalliques et des combustibles, par Berthier. — Paris, *Thomine,* 1834. 2 vol.

127 Eléments de chimie, par Orfila, 7e édition. — Paris, *Fortin et Masson,* 1843. 2 vol.

146 Traité de Toxicologie, par Orfila, 4e édition. — Paris, *Fortin et Masson,* 1843. 2 vol.

125 Traité élémentaire des réactifs : leur préparation, leurs emplois spéciaux et leur application à l'analyse, par Payen et Chevalier, 3e éd. — Paris, *Germer-Baillière,* 1841. 2 vol.

125bis Supplément du précédent, par Chevalier. — Paris, *Germer-Baillière,* 1844. 1 vol.

379 Des eaux potables à distribuer pour l'usage des particuliers et le service public, rapport présenté au conseil municipal de Lyon, par Terme. — Paris, 1844. 1 vol.

141 Traité de chimie par Berzélius, traduit par Esslinger sur des manuscrits inédits de l'auteur et sur la dernière édition allemande. — Paris, *Firmin Didot,* 1829. 8 vol.

143 De l'emploi du chalumeau dans les analyses chimiques et les déterminations minéralogiques par Berzélius, traduit du suédois par Fresnel. — Paris, *Méquignon-Marvis,* 1843. 1 vol.

134 Traité élémentaire de chimie industrielle, par Dupasquier. — Paris, *Mathias,* 1844. 1 vol.

126 Abrégé élémentaire de chimie considérée comme science accessoire à l'étude de la médecine, de la pharmacie et de l'histoire naturelle, par Lassaigne. 3e édition. — Paris, *Béchet jeune,* 1842. 2 vol. et un atlas.

124 Traité de chimie élémentaire, théorique et pratique, par le baron Thénard, 6e édition. — Paris, *Crochard,* 1836. 5 vol. et un atlas.

761 Instruction sur la fabrication du salpêtre, publiée par le comité consultatif etc. — Paris, *imprimerie royale,* 1820. 1 vol.

95 Traité élémentaire de physique générale et médicale, par Pelletan, 3e édition. — Paris, *Germer-Baillière,* 1838. 2 vol.

402 Physique d'Emile, ou principes de la science de la nature présentés dans un ordre absolument nouveau etc. par Develey. — Paris, *Firmin Didot,* 1802. 1 vol.

82 Recherches sur les causes des principaux faits physiques par Lamarck. — Paris, *Maradan,* an II. 2 v.

94 Eléments de physique expérimentale et de météorologie par Pouillet, 4e édition. — Paris, *Béchet jeune,* 1844. 2 vol.

41 Principes de l'art de chauffer et d'aérer les édifices publics, les maisons d'habitation, etc., par Tredgold, trad. de l'anglais sur la deuxième édit. par Duverne. — Paris, *Bachelier*, 1825. 1 vol.

135 Chimie minérale ou traité complet des métaux, des oxydes et des acides, par Pellereau. — Paris, *Béchet*, 1838. 1 vol.

145 Manipulations chimiques, par Faraday, traduit de l'anglais par Maiseau et revue par Bussy. — Paris, *Sautelet et Cie*, 1827. 2 vol·

830 Cours élémentaire de chimie, par Regnault, 4e édition. — Paris, *V. Masson*, 1854. 4 vol.

401 Philosophie chimique ou vérités fondamentales de la chimie moderne, par Fourcroy, 2e édition. — Paris, *Du Pont*, an III. 1 vol.

120 Philosophie chimique etc., par Fourcroy, 3e édition. — Paris, *Levrault, Schœll,* 1806. 1 vol.

347 Manuel d'un cours de chimie, ou principes élémentaires théoriques et pratiques de cette science, 5e édition, par Bouillon-Lagrange. — Paris, *Klostermann*, 1812. 3 vol.

98 Cours de physique de l'Ecole polytechnique, par Lamé, 2e édition. — Paris, *Bachelier,* 1840. 3 vol.

363 Traité élémentaire de physique, par l'abbé Haüy, 3e éd. — Paris, *Bachelier et Husard,* 1821. 2 vol.

93 Traité de physique expérimentale et mathématique, par Biot. — Paris, *Déterville,* 1816. 4 vol.

96 Traité élémentaire de physique, par Péclet, 3e édition. Paris, *Hachette,* 1838. 2 vol. et un atlas.

97 Traité de la chaleur considérée dans ses applications, par Péclet, 2e édition. — Paris, *Hachette.* 1843. 2 v. et 1 atlas.

382 Tentamina experimentorum naturalium captorum in academia del Cimento sub auspicis serenissimi principis Leopoldi magni Etruriæ ducis; auctore Petro van Musschenbrœk. — Viennæ, Pragæ et Tergesti, *Trattner,* 1756. 1 vol.

384 Physicæ experimentales et geometricæ, auctore Petro van Musschenbrœk. — Viennæ, Pragæ et Tergesti. — *Trattner,* 1756. 1 vol.

385 Introductio ad philosophiam naturalem, auctore Petro van Musschenbrœk. — Lugduni Batavorum, *Lucht-mans,* 1762. 2 vol.

348 Recherches sur les modifications de l'atmosphère contenant l'histoire critique du baromètre et du thermomètre etc., par de Luc. — *Genève,* 1772. 2 vol.

383 Eléments de physique démontrez mathématiquement et confirmez par des expériences, ou introduction à la philosophie newtonienne, ouvrage traduit du latin de S'Gravesande par Elie de Joncourt. — Leyde, *Langerak,* 1746. 2 vol.

1144 Exposition analytique et expérimentale de la théorie mécanique de la chaleur, par Hirn. — Paris, *Mallet-Bachelier,* 1862. 1 vol.

1144 bis Théorie mécanique de la chaleur, confirmation expérimentale et démonstration analytique etc. (Extrait du Cosmos) par Hirn. — Paris, *Tremblay, directeur du Cosmos,* 1863. 1 vol.

1093 Théorie mathématique des courants électriques, par Ohm, trad. préface et notes de Gaugain. — Paris, *Hachette,* 1860. 1 vol.

555 Des changements dans le climat de la France, histoire de ses révolutions météorologiques, par le docteur Fuster. Paris, *Capelle,* 1845. 1 vol.

XVI. — HISTOIRE NATURELLE. AGRICULTURE

923 Histoire naturelle générale et particulière par le Clerc de Buffon, nouv. édition accompagnée de notes; ouvrage formant cours complet d'histoire naturelle, rédigé par Sonnini. — Paris, *Dufart,* an XI et an XII. 127 vol.

346 Histoire naturelle de Buffon, classée par ordres, genres et espèces, d'après le système de Linnée, par René Richard Castel, nouv. édit. — Paris, *Déterville,* an X et an XI. 80 vol.

1196 Dictionnaire universel d'histoire naturelle dirigé par Ch. d'Orbigny, par une société de savants. — Paris, *Renard, Martinet et Cⁱᵉ,* 1849. 16 vol.

86 Dictionnaire des sciences naturelles dans lequel on traite méthodiquement des différents êtres de la nature, etc., suivi d'une biographie des plus célèbres naturalistes, par plusieurs professeurs du Jardin du Roi. — Paris, *Levrault,* 1819. 60 vol. et 11 vol. de planches.

368 Mémoires d'agriculture, d'économie rurale et domestique, publiés par la société d'agriculture du département de la Seine. — Paris, *Mme Husard,,* an IX à 1835. 42 vol.

205 Cours complet d'agriculture ou nouveau dictionnaire d'agriculture théorique et pratique, d'économie rurale et de médecine vétérinaire, par une société de savants, 3ᵉ édition. — Paris, *Pourat frères,* 1842. 9 vol.

91 Physiologie végétale ou exposition des forces et des fonctions vitales des végétaux par de Candolle. — Paris, *Béchet jeune,* 1832. 3 vol.

90 Organographie végétale ou description raisonnée des organes des plantes, par de Candolle. — Paris, *Germer-Baillière,* 1844. 2 vol.

362 Théorie élémentaire de la botanique ou exposition des principes de la classification naturelle par de Candolle. — Paris, *Déterville,* 1813. 1 vol.

1140 Histoire naturelle du Jura et des départements voisins, par le Frère Ogérien. — Paris, *Victor Masson,* 1865. 3 vol. (Zoologie et Géologie).

1140bis Histoire naturelle du Jura et des départements voisins par Michalet, revue et achevée par Grenier. — Paris, V. *Masson*, 1864 (Botanique). 1 vol.

76 Nouveaux éléments de zoologie ou étude du règne animal, par Hollard. — Paris, *Labbé*, 1839. 1 vol.

77 Etude de la nature comprenant les faits les plus importants de la physique et de la chimie générale, de la géologie, etc., par Hollard. — Paris, *Labbé*, 1842. 4 vol.

62 Introduction à la minéralogie, ou exposé des principes de cette science, par Alex. Brongniart. — Paris, *Levrault*, 1825. 1 vol.

69 Prodrome d'une histoire des végétaux fossiles, par Adolphe Brongniart. — Paris, *Levrault*, 1828. 1 vol.

871 Fragments de géologie et de climatologie asiatique par de Humboldt. — Paris, *Gide*, 1831. 2 vol.

78 Tableau de la nature ou considérations sur les déserts, sur la physionomie des végétaux, etc., par de Humboldt, trad. de l'allemand par Eyriès. — Paris, *Gide fils*, 1828. 2 vol.

92 Nouveau système de physiologie végétale et de botanique, fondé sur les méthodes d'observation par F. V. Raspail. — Paris, *Baillière*, 1837. 2 vol. et un atlas.

1191 Histoire naturelle du corail, organisation et reproduction, pêche en Algérie, industrie et commerce, par le Dr Lacaze-Duthiers. — Paris, *Baillière*, 1864. 1 vol.

1233 L'ailante et son bombyx, culture de l'ailante, par Givelet. — Paris, lib. de la *Maison rustique*, 1866. 1 vol.

74 Histoire des sciences naturelles depuis leur origine jusqu'à nos jours, par G. Cuvier, complétée et publiée par Magdeleine de Saint-Agy. — Paris, *Fortin, Masson*, 1841. 4 vol.

89 Le règne animal distribué d'après son organisation, par le Baron Cuvier, nouv. édit. — Paris, *Déterville*, 1829. 5 vol.

464 Rapport historique sur les progrès des sciences naturelles depuis 1789, et sur leur état actuel, par G. Cuvier. — Paris, *imprimerie impériale*, 1810. 1 vol.

54 Discours sur les révolutions de la surface du globe et sur les changements qu'elles ont produits dans le règne animal, par G. Cuvier, 8e édition. — Paris, Cousin, 1840. 1 vol.

67 Recherches sur les ossements fossiles où l'on rétablit les caractères de plusieurs animaux, etc., par G. Cuvier, 4e édit. — Paris, Edm. d'Ocagne, 1834. 10 vol. et 2 atlas.

85 Essai de zoologie générale ou mémoires et notices sur la zoologie, l'anthropolgie par J. Geoffroy Saint-Hilaire. — Paris, Roret, 1841. 1 vol. et un atlas.

88 Histoire générale et particulière des anomalies de l'organisation chez l'homme et les animaux, par Geoffroy St-Hilaire. — Paris, Baillière, 1832. 3 vol.

616 Catalogue méthodique de la collection des mammifères, de la collection des oiseaux, et des collections annexes du Muséum, avec plusieurs autres, par Geoffroy St-Hilaire, Milne-Edwards et Duméril. — Paris, Gide et Baudry, 1850-51. 5 vol.

65 Traité de minéralogie par l'abbé Haüy, 2e édition. — Paris, Bachelier et Husard, 1822. 4 vol. et un atlas.

63 Traité élémentaire de minéralogie par Beudant, 2e édition. — Paris, Verdière, 1830. 2 vol.

50 Introduction à la géologie ou 1re partie des éléments d'histoire naturelle inorganique, par d'Halloy. — Paris, Levrault, 1834. 1 vol. et un atlas.

64 Minéralogie appliquée aux arts, par Brard. — Paris, Levrault, 1821. 3 vol.

57 Eléments de géologie mis à la portée de tout le monde par Chaubart, 2e édit. — Paris, Baillière, 1838. 1 vol.

53 Mémoires pour servir à une description géologique de la France, sous la direction de Brochant de Villiers, par Dufresnoy et Elie de Beaumont. — Paris, Levrault, 1830-38. 4 vol.

58 Traité élémentaire de géologie par Rozet. — Paris, Arthus Bertrand, 1837. 2 vol. et 1 atlas.

59 Cours élémentaire de géognosie, fait au dépôt général de la guerre, par Rozet. — Paris, Levrault, 1830. 1 vol.

52 La géologie et la minéralogie considérées dans leurs
rapports avec la théologie naturelle par le Dr William
Buckland ; trad. de l'anglais par Doyer. — Paris,
Crochard, 1838. 2 vol.

828 Manuel de géologie élémentaire ou changements anciens de la terre et de ses habitants, par Sir Ch. Lyell,
traduit de l'anglais sur la 5e édition, par Huggard, 5^e
édition· — Paris, *Langlois et Leclercq,* 1856. 2 vol.

800 Histoire des progrès de la géologie de 1834 à 1845, par
le vicomte d'Archiac, publiée par la société géologique
de France, sous les auspices de M. de Salvandi. —
Paris, 1847. 6 vol.

79 Histoire naturelle de l'homme par le comte de Lacépède, précédée de son éloge historique par Cuvier. —
Paris, *Levrault,* 1827. 1 vol.

80 Les âges de la nature et histoire de l'espèce humaine
par Lacépède. — Paris, *Levrault,* 1830. 2 vol.

84 Philosophie de l'histoire naturelle ou phénomènes de
l'organisation des animaux et des végétaux par Virey.
— Paris, *Baillière,* 1835. 1 vol.

56 De la cosmogonie de Moïse comparée aux faits géologiques par Marcel de Serres, 2e édition. — Paris,
Lagny, 1841. 2 vol.

73 Essai sur les cavernes à ossements et sur les causes
qui les y ont accumulés, par M. de Serres, 3e édit. —
Paris, *Baillière,* 1838. 1 vol.

61 Le monde primitif et l'antiquité, expliqués par l'étude
de la nature par le Dr Linck : trad. de l'allemand sur
la 2e édit. par Clément Mullet. — Paris, *Gide,* 1837.
2 vol.

81 Philosophie zoologique ou exposition des considérations relatives à l'histoire naturelle des animaux, etc.,
par Lamarck, nouv. édit. — Paris, *Baillière,* 1830.
2 vol.

83 Système analytique des connaissances positives de
l'homme par Lamarck. — Paris, *Germer-Baillière,*
1830. 1 vol.

71 Mémoire sur les fossiles des environs de Paris, par
Lamarck, 1 vol.

75 Éléments de zoologie ou leçons sur l'anatomie, la physiologie, la classification et les mœurs des animaux,
par Milne-Edwards, 2e édition. — Paris, *Fortin,*
Masson, 1840. 4 vol.

597 Revue et magasin de zoologie pure et appliquée, recueil mensuel par Guérin-Méneville avec la collaboration scientif. de Focillon. — Paris, nos 1, 2 et 3, année 1854. 3 vol.

1272 La Bible et la nature, leçons sur l'histoire biblique de la création, dans ses rapports avec les sciences naturelles, par Henri Reusch, trad. de l'allemand par Hertel. — Paris, *Gaume frères*, 1867. 1 vol.

60 Lettres sur les révolutions du globe par Alex. Bertrand, 5e édition avec notes par Arago, Elie de Beaumont, etc. — Paris, *Just Tessier*, 1839. 1 vol.

400 Principes de la philosophie du botaniste, par Jolyclerc. — Paris, *Ronvaux*, an VI. 1 vol.

2025 Etude géologique sur le Jura, considéré principalement dans sa partie nord-occidentale, par M. Vézian, 1re et 2e étude. — Paris, *Savy*, Besançon, *Dodivers*, 1874 et 1876. 2 vol.

653 Histoire des grandes forêts de la Gaule et de l'ancienne France, par Alfred Maury. — Paris, *Leleux*, 1850. 1 vol.

755 Manuel de drainage par Lamairesse, 2e édit. — Bourg, *Martin*, 1854. 1 vol.

87 Dictionnaire raisonné étymologique, synonymique et polyglotte des termes usités dans les sciences naturelles, par L. Jourdan. — Paris, *Baillière*, 1834. 2 v.

1184 Etude de l'étage kimméridien dans les environs de Montbéliard et dans le Jura, par Contejean, extrait des mémoires de la Société d'émulation du Doubs. — Paris, 1859. 1 vol.

1273 L'agriculture et la liberté, par Victor Borie. — Paris, *librairie de la Maison rustique*, 1866. 1 vol.

167 Mémoire sur la conformité organique dans l'échelle animale, par Dugès. — Montpellier, *Ricard*, 1832. 1 vol.

70 Histoire naturelle des crustacés fossiles sous les rapports zoologiques et géologiques, par Alex. Brongniart et Desmarets. — Paris, *Levrault*, 1822. 1 vol.

797 Description d'une Emyde nouvelle (émis étaloni) du terrain jurassique supérieur, des environs de St-Claude, par Pictet et Humbert. — Genève, *Kesmann*, 1857. 1 vol.

68 Plusieurs notes sur quelques ossements fossiles de l'Alsace et du Jura, par Duvernoy, lues à l'Académie en 1836. 1 vol.

72 Recherches sur les ossements humatiles des cavernes de Lunel-Viel, par Marcel de Serres, Dubreuil et Jeanjean. — Montpellier, *Bohême et Cie*, 1839. 1 vol.

1103 Tableaux géologiques des terrains, indiquant leurs divisions et subdivisions, etc., par Etienne Dupont. — Paris, *Baillière*, 1859. 1 vol.

761 Rapport au ministre de l'agriculture sur l'émigration européenne, par Heurtier. — Paris, *imprimerie impériale*, 1854. 1 vol.

1069 Concours d'animaux de boucherie à Poissy, Lyon et Bordeaux, depuis 1844 à ce jour, par Lefèbvre Sainte-Marie. — Paris, *imprimerie nationale*, 1849. 1 vol.

1070 De la race bovine courte corne améliorée, dite race de Durham, en Angleterre, aux Etats-Unis et en France, par Lefèbvre Ste-Marie. — Paris, *imprimerie nationale*, 1849. 1 vol.

XVII.—MÉDECINE. HYGIÈNE

152 Traité de médecine légale, par Orfila, 3ᵉ édit. — Paris, *Béchet jeune*, 1836. 3 vol. et 1 atlas.

193 Des maladies mentales considérées sous les rapports médical, hygiénique et médico-légal, par Esquirol. — Paris, *Baillière*, 1838. 2 vol. et 1 atlas.

162 Principes de physiologie médicale, par Bourdon. — Paris, *Baillière*, 1828. 2 vol.

199 De l'orthomorphie par rapport à l'espèce humaine ou recherches anatomico-pathologiques sur les causes et les moyens de prévenir, ceux de guérir les principales difformités, etc., par Delpech. — Paris, *Gabon*, 1828. 2 vol. (Manque atlas).

158 Physiologie et hygiène des hommes livrés aux travaux de l'esprit, par Réveillé-Parise, 4ᵉ édit. — Paris, *Dentu*, 1843. 2 vol.

166 Traité de physiologie appliquée à la pathologie, 2ᵉ édit., par F. J. V. Broussais. — Paris, *Baillière*, 1834. 2 vol.

186 Cours de pathologie et de thérapeutique générale, professé à la faculté de médecine de Paris, par F. J. V. Broussais, sténographié par Tassel, rédigé par Gaubert, 2ᵉ édit. — Paris, *Baillière,* 1834. 5 vol.

187 De l'irritation et de la folie, par F. J. V. Broussais, 2ᵉ édit., publiée par Casimir Broussais, son fils. — Paris, *Baillière*, 1839. 2 vol.

188 Cours de phrénologie, par F. J. V. Broussais, — Paris, *Baillière*, 1836. 1 vol.

189 Hygiène morale ou application de la physiologie à la morale et à l'éducation, par C. Broussais. — Paris, *Baillière*, 1837. 1 vol.

180 Œuvres chirurgicales complètes de sir Artley Cooper, trad. de l'anglais avec des notes, par Chassaignac et Richelot. — Paris, *Béchet Jeune*, 1837. 1 vol.

1147 Chirurgie de Paul d'Egine, texte grec collationné sur les manuscrits de la bibliothèque impériale, etc., avec traduction française en regard et une introduction, par R. Briau. — Paris, *V. Masson*, 1855. 1 vol.

159 Physiologie de l'homme aliéné, appliquée à l'analyse de l'homme social, par Scipion Pinel. — Paris, *Rouvier et Le Bouvier,,* 1833. 1 vol.

1130 Traité pratique des maladies des yeux, par Scarpa, trad. de l'italien et augmenté de notes, par Léveillé, augmenté d'un grand nombre d'articles, par Rognetta. — Paris, *Delahaye,* 1855. 1 vol.

202 Traité de la folie des animaux et de ses rapports avec celle de l'homme et les législations actuelles, par Pierquin, revue par G. et F. Cuvier, Magendie, etc. — Paris, *Béchet,* 1839. 2 vol.

173 Œuvres complètes de Bichat, avec les notes et additions du professeur Béclard, de Blandin et de Magendie. — Paris, *Chaudey,* 1832, 11 vol.

176 Leçons d'anatomie comparée, de G. Cuvier, 2e édition. — Paris, *Crochard et Cie,* 1836-1846. 9 vol.

182 Clinique chirurgicale exercée particulièrement dans les camps et les hôpitaux militaires, de 1792 à 1829, par le baron Larrey. — Paris, *Gabon,* 1829. 5 vol.

183 Relation chirurgicale des évènements de juillet 1830 à l'hôpital militaire du Gros-Caillou, par H. Larrey, 2e édit. — Paris, *Béchet,* 1831. 1 vol.

178 Œuvres complètes d'Ambroise Paré, revues et collationnées sur toutes les éditions, avec variantes ; avec notes, par Malgaigne. — Paris, *Baillière,* 1841. 3 v.

677 Mémoire sur la galvanocaustique thermique, par le Dr Amussat fils, avec figures. — Paris, *Germer-Baillière,* 1876. 1 vol.

197 Histoire critique du magnétisme animal, par Deleuze, 2e édition. — Paris, *Belin-Leprieur,* 1819. 2 vol.

175 Traité d'anatomie chirurgicale et chirurgie expérimentale, par Malgaigne. — Paris, *Baillière,* 1838. 2 vol.

179 Nouveaux éléments de pathologie médico-chirurgicale, par Roche, Sanson et Lenoir, 4e édition. — Paris, *Baillière,* 1844. 5 vol.

151 Recherches médico-légales sur l'incertitude des signes de la mort, et des dangers des inhumations précipitées, etc., par Julia de Fontenelle. — Paris, *Rouvier et Le Bouvier,* 1834. 1 vol.

659 Traité des signes de la mort et des moyens de prévenir les enterrements prématurés, par Bouchut. — Paris, *Baillière*, 1849. 1 vol.

743 De la mort apparente et des enterrements précipités, par Maximilien Kaufmann. — Paris, *V. Masson*, 1851. 1 vol.

1200 De la mort apparente et des inhumations prématurées par le Dr Gustave Le Bon, 2e édit., avec introduct., par Piorry. — Paris, *Delahaye*, 1866. 1 vol.

163 Physiologie du système nerveux et spécialement du cerveau, par Georget. — Paris, *Baillière*, 1821. 2 v.

192 Encyclopédie anatomique, par Bischoff, Henle et plusieurs autres médecins allemands, traduite par Jourdan. — Paris, *Baillière*, 1843. 9 vol. et 1 atlas. (Manque tome 1).

195 Monographie sur la rage, par de St-Martin. — Paris, *Husard, Béchet jeune*, 1823. 1 vol.

1286 Hygiène des lycées, collèges et des institutions de jeunes gens, par R. Gaillard. — Vesoul, 1866. 3e partie seulement. 1 vol.

549 Actes du Congrès médical de France, session de 1845, publiés par une Société de médecins. — Paris, mai 1846. 1 vol.

161 Physiologie des passions ou nouvelle doctrine des sentiments moraux, par le baron Alibert. — Paris, *Béchet jeune*, 1837. 2 vol.

684 Avis au peuple sur sa santé, par Tissot, de Lauzanne, 2e édit. — 1774. 2 vol.

148 Recueil des mémoires, consultations et rapports sur divers objets de médecine légale, par Chaussier. — Paris, *Barrois*, 1824. 1 vol.

1294 Gheel ou une colonie d'aliénés vivant en famille et en liberté, par Jules Duval. — Paris, *Hachette*, 1867. 1 vol.

160 De l'homme animal, par le Dr Félix Voisin. — Paris, *Béchet Jeune et Labbé*, 1839. 1 vol.

177 Anatomie élémentaire en 20 planches, par Bougery et Jacob. — Paris, *Crochard et Cie*, 1836. 1 vol.

1098 Du diagnostic différentiel à l'aide de l'ophthalmoscope; des amauroses vraies et simulées devant les conseils de révision, par Guérineau, 2ᵉ édit. — Paris, *Asselin*, 1861. 1 vol.

1041 Eloges lus dans les séances publiques de l'Académie royale de chirurgie de 1750 à 1792, par Louis, avec des notes par Dubois. — Paris, *Baillière et fils*, 1859. 1 vol.

190 Histoire médicale de l'armée d'Orient, par R. des Genettes, 3ᵉ édit. — Paris, *Firmin Didot*, 1835. 1 vol.

1201 Mémoires pour servir à l'étude des maladies des ovaires, par Achille Chereau. — Paris, *Fortin, Masson et Cⁱᵉ*, 1844. 1 vol.

1045 Précis d'hydrologie médicale ou les eaux minérales de la France, par le Dʳ Isidore Bourdon. — Paris, *Baillière, Hachette*, 1860. 1 vol.

1090 Preuves de la non-contagion du choléra, par I. Bourdon. — Rapport lu à l'Académie des sciences, le 2 avril 1849. 1 broch.

1104 Mémoire sur la peste ; la vérité sur les quarantaines, par I. Bourdon, extrait de la revue scientifique et industrielle du Dʳ Quesneville. — Paris, *Martinet*, 1847. 1 vol.

1105 De l'éthérisme ou de l'éther et du chloroforme employés contre la douleur, par I. Bourdon. — 1 brochure.

531 Instruction sur les moyens propres à prévenir l'invasion de la morve, etc., imprimée par ordre du Comité du salut public. — Paris, *Imprimerie vétérinaire*, an II. 1 brochure.

789 Mémoire sur le danger des inhumations précipitées et sur les signes de la mort, par Vigné. — Rouen, *Nicétas Périaux*, 1837. 1 vol.

1096 Traité pratique de la pustule maligne et de l'œdème malin, ou des deux formes du charbon chez l'homme, par Bourgeois. — Paris, *Baillière et fils*, 1861. 1 v.

200 Sur les fonctions du cerveau et sur celles de chacune de ses parties, par Gall. — Paris, *Baillière*, 1825. 6 v.

204 Histoire de la médecine depuis son origine jusqu'au XIXᵉ siècle, par Kurt Sprengel, trad. de l'allemand sur la 2ᵉ édit. par Jourdan et revue par Boquillon. — Paris, *Déterville*, 1815. 9 vol.

185 Dictionnaire de médecine ou répertoire général des sciences médicales, par une société de savants, 2ᵉ édit. — Paris, *Béchet Jeune*, 1833. 30 vol.

468 Traité de médecine pratique et de pathologie iatrique ou médicale, cours professé à la Faculté de Paris en 1842, par Piorry. — Paris, *au bureau de la Gazette des hôpitaux*, 1842. 8 vol.

196 Le médecin des salles d'asile ou manuel d'hygiène et d'éducation physique de l'enfance, par Cerise. — Paris, *Hachette*, 1836. 1 vol.

436 Nouveaux éléments de thérapeutique et de matière médicale, par Alibert, 2ᵉ édition. — Paris, *Crapart, Caille et Ravier*, 1808. 2 vol.

1017 Instruction sur le traitement des asphyxiés par les gaz méphitiques, des noyés, etc., par Antoine Portal, nouv. édit. — Paris, *imprimerie impériale*, 1811. 1 vol.

617 Œuvres d'Oribase, texte grec en grande partie inédit, traduit pour la 1ʳᵉ fois en français, avec des notes et des planches, par les Dʳˢ Bussmaker et Daremberg.— Paris, *Baillière*, 1851 à 1876. 6 vol.

2023 Œuvres de Rufus d'Ephère, texte collationné sur les manuscrits, traduit pour la première fois en français, avec une introduction. Publication commencée par Daremberg et continuée par Emile Ruelle. — Paris, *Baillière et fils*, 1879. 1 vol.

149 Médecine légale théorique et pratique, par Devergie, 2ᵉ édit. avec additions de Dehaussy de Robecourt. — Paris, *Germer-Baillière*, 1840. 3 vol.

184 Clinique des plaies d'armes à feu, par Baudens. — Paris, *Baillière*, 1836. 1 vol.

181 Traité de petite chirurgie, par Bourgery. — Paris, *Germer-Baillière*, 1835. 1 vol.

198 Histoire académique du magnétisme animal, par Burdin jeune et Dubois. — Paris, *Baillière*, 1841. 1 vol.

153 Traité de physiologie considérée comme science d'observation, par Burdach, avec des additions de Baër, Meyen, Meyer, Müller, etc., traduit de l'allemand par Jourdan. — Paris, *Baillière*, 1837-1841. 9 vol.

155 Cours de physiologie générale et comparée, professé à la Faculté des sciences de Paris, par Ducrotay de Blainville, publié par les soins du Dᵉ Hollard. — Paris, *Germer-Baillière*, 1833. 3 vol.

156 Traité élémentaire de physiologie philosophique ou éléments de la science de l'homme, par Blaud. — Paris, *Baillière*, 1830. 3 vol.

157 Traité de physiologie comparée de l'homme et des animaux, par Dugès. — Paris, *Germer-Baillière*, 1838. 3 vol.

147 Sur les poisons et sur le corps animal, par Fontana. — Florence, 1781. 1ᵉʳ tome seulement.

165 Phénomènes physiques de la vie, leçons professées au Collège de France, par Magendie. — Paris, *Baillière*, 1842. 4 vol.

150 Médecine légale relative aux aliénés et aux sourds-muets, par Hoffbauer, traduit de l'allemand par Chambeyron, avec des notes par Esquirol et Itard. — Paris, *Baillière*, 1827. 1 vol.

168 De l'agonie et de la mort dans toutes les classes de la société, par Lauvergne. — Paris, *Baillière*, 1842. 2 vol.

169 Les forçats considérés sous le rapport physiologique, moral et intellectuel, observés au bagne de Toulon, par Lauvergne. — Paris, *Baillière*, 1841. 1 vol.

154 Nouveaux éléments de la science de l'homme, par Barthez, 2e édition. — Paris, *Goujon et Brunot*, 1806. 1ᵉʳ vol. seulement.

203 De l'abus des boissons spiritueuses considéré sous le point de vue de la police médicale et de la médecine légale, par Rœsch. — Paris, *Baillière*, 1839. 1 vol.

1289 Topographie médicale de la ville de St-Claude, par le Dʳ Guichard. — St-Claude, *Enard*, 1869. 1 vol.

524 De la vaccine et de ses effets, par Barrey. — Besançon, *Couché*, 1808. 1 vol.

595 Gynæciorum sive de mulierum tum communibus, tum gravidarum, parientium et puerperarum affectibus et morbis, libri græcorum, arabum, latinorum, etc., Opera et Studio, Israelis Spachii. — Argentinæ, *Lazari Zetzneri*, 1597. 1 vol.

177 Tableaux d'anatomie. 1 vol.

XVIII.— BEAUX-ARTS

503 L'Empereur et la garde impériale, par Charlet, avec un précis historique sur la garde, par Ad. Pascal, dédié à Napoléon III. — Paris, *Perrotin*, 1853. 1 v. in-folio.

1006 L'œuvre de Fogelberg, publié par Casimir Leconte et dédié à S. M. Oscar Ier, roi de Suède et de Norwège. — Paris, *Hauser*, 1856. 1 vol.

2030 Histoire des peintres de toutes les écoles, depuis la Renaissance jusqu'à nos jours, par Ch. Blanc, accompagnée du portrait des peintres, de la reproduction de leurs plus beaux tableaux et du fac-simile de leurs signatures, etc. — Paris, *Renouard et Henri Loones*, successeur. Ecole française. Ecole hollandaise. Ecole flamande. Ecole espagnole. Ecole allemande. Ecole anglaise. Ecole italienne.

2031 L'Artiste. — Peinture. — Sculpture. — Architecture. — Histoire de l'art contemporain ; rédacteur en chef : Arsène Houssaye. — Paris, *Plon,* année 1864. 2 v.

1170 Château de Marly-le-Roy, construit en 1676, détruit en 1798, dessiné et gravé, avec texte, par Aug.-Alex. Guillaumot. — Paris, *Morel,* 1865. 1 vol. in-folio.

625 Traité d'architecture contenant des notions générales sur les principes de la construction et sur l'histoire de l'art, par Reynaud, 1re et 2e parties.— Paris, *Carillan-Gœury et Victor Dalmont,* 1850-58. 2 vol. et 2 atlas.

1029 Description des antiquités et objets d'arts contenus dans les salles du Palais des arts de Lyon, par Comarmond. — Lyon, *Dumoulin,* 1855-1857. 1 vol.

724 Description du musée lapidaire de la ville de Lyon, par Comarmond. — Lyon. *Dumoulin,* 1846-1854. 1 vol.

754 Restitution du temple d'Empédocle à Sélinonte, ou l'architecture polychrôme chez les Grecs, par Hittorff. — Paris, *Firmin Didot frères,* 1851. 1 vol. et 1 atlas in-folio.

467 Vignole centésimal ou les règles des cinq ordres d'architecture de Barozzio de Vignole, par Renard avec planches gravées sur acier, par Guignet. — Paris, *Ladrange, Mathias,* 1842. 1 vol.

33 Précis des leçons d'architecture données à l'école royale polytechnique, par Durand. — Paris, *Gœury*, 1817. 2 vol. en un tome.

696 Revue des beaux-arts, tribune des artistes, fondée et publiée sous les auspices de la société libre des beaux-arts, directeur Félix Pigeory. — Paris, *bureaux de la Revue des Beaux-Arts*, 1850. 10 vol.

695 Histoire de l'harmonie au moyen-âge, par Coussemaker. — Paris, *Victor Didron*, 1852. 1 vol.

689 Rudiments du dessin, étude spéciale des angles, texte et 46 planches, par Ferret. — Paris, *Blanchard, Rapilly*, 1853. 1 vol.

86 Chants de la Ste-Chapelle, tirés de manuscrits du XIIIᵉ siècle, traduits et mis en parties avec accompagnement de chant, par Félix Clément. — Paris, *Victor Didron*, 1849. 1 vol.

1165 Entretiens sur l'architecture, par Viollet-le-Duc. — Paris, *Morel et Cⁱᵉ*, 1863. 2 vol. et 2 atlas.

706 Dictionnaire raisonné de l'architecture française du XIᵉ au XVIᵉ siècle, par M. Viollet-le-Duc. — Paris, *Bance*, 1861. 10 vol.

1175 Réponse à M. Vitet à propos de l'enseignement des arts du dessin, par Viollet-le-Duc. — Paris, *Morel et Cⁱᵉ*, 1864. 1 vol.

1059 Le tombeau de Childéric Iᵉʳ, roi des Francs, restitué à l'aide de l'archéologie et des découvertes récentes faites en France, en Belgique, en Suisse, en Allemagne et en Angleterre, par l'abbé Cochet. — Paris, *Didron, Derache*, 1859. 1 vol.

1003 Histoire de l'art en France, recueil raisonné et annoté de tout ce qui a été écrit et imprimé sur la peinture, la sculpture, l'architecture et la gravure française, par divers auteurs. — Paris, *Ferdinand Sartorius*, 1 v.

1018 Les églises de l'arrondissement d'Yvetot, par l'abbé Cochet. — Paris, *Didron*, 1853. 2 vol.

585 Canova et ses ouvrages, ou mémoires historiques sur la vie et les travaux de ce célèbre artiste, par Quatremère de Quincy. — Paris, *Adrien Le Clerc*, 1834. 1 vol.

581 Lettres sur l'enlèvement des ouvrages de l'art antique
à Athènes et à Rome, par Quatremère de Quincy. —
Paris, *Ad. Le Clerc*, 1836. 1 vol.

588 Essai sur l'idéal dans ses applications pratiques aux
œuvres de l'imitation propre des arts du dessin, par
Quatremère de Quincy. — Paris, *Ad. Le Clerc*, 1837.
1 vol.

587 Histoire de la vie et des ouvrages de Raphaël avec un
portrait et des gravures, par Quatremère de Quincy,
3e édit. — Paris, 1835. 1 vol.

422 Considérations morales sur la destination des ouvrages
de l'art, par Quatremère de Quincy. — Paris, *Ad. Le-
Clerc*, 1815. 1 vol.

1278 De l'idéal dans l'art (leçons professées à l'école des
Beaux-Arts), par H. Taine. — Paris, *Germer-
Baillière*, 1867. 1 vol.

1282 Histoire de la peinture flamande depuis ses débuts jusqu'en 1864, par Alfred Michiels, 2e édit. — Paris,
Librairie internationale, Lacroix et Cie, 1865. 10 v.

705 Marques typographiques ou recueil des monogrammes,
chiffres, enseignes, etc., des libraires et imprimeurs
qui ont exercé en France de 1470 à la fin du XVIe
siècle, etc., par Sylvestre. — Paris, *Jannet*, 1853,
Mande et Renou, 1854-64, *Labitte*, 1868. 16 livraisons.

1058 Analyse de la beauté destinée à fixer les idées vagues
qu'on a du goût, trad. de l'anglais de G. Hogarth,
précédée de la vie de ce peintre et suivie d'une notice
sur ses ouvrages. — Paris, *Levrault*, 1805, 2 vol.

1060 Histoire du Conservatoire impérial de musique et de
déclamation, suivie de documents recueillis et mis en
ordre par Lassabathie. — Paris, *Michel Lévy frères*,
1860. 1 vol.

584 Critique et littérature musicales, par P. Scudo. — Paris,
Amyot, 1850. 1 vol.

1078 Haydn, Mozart, Beethoven — Etude sur le quatuor,
par Eug. Sauzay. — Paris, 1861. 1 vol.

642 Recherches historiques sur les enseignes des maisons
particulières, ouvrage orné de gravures, par de la
Quérière. — Paris, *Didron*, 1852. 1 vol.

558 Précis historique sur l'imprimerie nationale, accompagné des spécimens de ses caractères français et étrangers, par Duprat.— Paris, *Lib. orientale de Benj. Duprat,* 1848. 1 vol.

1099 Histoire de l'imprimerie impériale de France suivie de spécimens des types étrangers et français de cet établissement, par Duprat. Paris, *imp. impériale,* 1861. 1 vol.

1194 Mémoires sur les voies romaines de la Savoie, par l'abbé Ducis. — Annecy, *Louis Thésio,* 1863. 1 vol.

1261 L'amphithéâtre en 1865-66 : Leçons d'ouverture à l'Ecole centrale d'architecture. — Paris, *Morel,* 1866. 1 vol.

792 Esquisse archéologique des principales églises du diocèse de Nevers, par l'abbé Bourasse. Nevers, *Fay,* 1844. 1 vol.

1303 Traité de la gravure à l'eau-forte, texte et planches, par Maxime Lalanne. Paris, *Cadart et Luquet,* 1866 1 v.

1172 Salon de 1864, par Louis Auvray, statuaire. — Paris, *A. Lévy fils,* 1863. 1 vol.

1167 Réorganisation de l'Ecole impériale des Beaux-arts ; documents officiels extraits du Moniteur universel. — Paris, *Morel et Cie,* 1864. 1 vol.

1305 Raphaël et l'antiquité, par F. A. Gruyer. — Paris, *veuve Jules Renouard,* 1864. 2 vol.

1299 Essai sur les Fresques de Raphaël au Vatican, par Gruyer ; Chambres ; Loges.— Paris, *veuve Jules Renouard,* 1859. 2 vol.

1248 Gros ; sa vie et ses ouvrages, par J. B. Delestre ; 2e éd. avec gravures et fac-simile de dessins et compositions inédits du maître. — Paris, *veuve J. Renouard,* 1867. 1 vol.

1164 Guide théorique et pratique de l'amateur de tableaux : études sur les imitateurs et les copistes des maîtres de toutes les écoles, par Théodore Lejeune. — Paris, *veuve J. Renouard,* 1865. 3 vol.

239 Antiquités nationales, ou recueil de monuments pour servir à l'histoire générale et particulière de l'Empire français etc., par Aubin-Louis Millin. — Paris, *Drouhin,* 1790. 5 vol.

590 Le Palais du Luxembourg fondé par Marie de Médicis, régente, considérablement agrandi sous le règne de Louis-Philippe, par Alph. de Gisors. — Paris, *Plon frères*, 1847. 1 vol.

1224 Tableau historique des Beaux-arts, depuis la Renaissance jusqu'à la fin du XVIIIe siècle, par Louis et René Ménard. — Paris, *Didier et Cie*, 1866. 1 vol.

1285 De l'Art chrétien, par A. F. Rio, nouv. édit. — Paris, *L. Hachette*, 1861. 4 vol.

583 Recherches sur la vie et les ouvrages de quelques peintres provinciaux de l'ancienne France, par Ph. de Chennevières-Pointel. — Paris, *Dumoulin*, 1862. 4 v.

1142 Recherches archéologiques à Eleusis exécutées dans le cours de l'année 1860 par Lenormant ; Recueil des inscriptions. — Paris, *Hachette et Cie*, 1862. 1 vol.

1166 Education de la mémoire pittoresque, application aux arts du dessin, par Horace Lecoq de Boisbaudran. 2e édition. — Paris, *Barne*, 1862. 1 vol.

623 Le dessin sans maître, méthode pour apprendre à dessiner de mémoire, par Mme Marie-Elisabeth Cavé. — Paris, *Susse frères*, 1850 ; 2e partie, la Couleur. — Paris, *Philipon fils*, 1850. 2 vol. de texte et 2 de planches.

596 Cours de dessin professé à l'Ecole de la Martinière par L· Dupasquier. — Lyon, *Boitel*, 1849. 1 vol.

707 Description historique et graphique du Louvre et des Tuileries, par M. le Comte de Clarac, précédée d'une notice biographique par Maury. — Paris, *imp. impériale*, 1853. 1 vol.

639 Archives de l'art français : Recueil de documents inédits relatifs à l'histoire des arts en France, publié sous la direction de M. de Chennevières. — Paris, *Dumoulin*, 1851. 15 vol.

371 Œuvres d'Etienne Falconet, statuaire, contenant plusieurs écrits relatifs aux beaux-arts. Lausanne, *Société typographique*, 1781. 6 vol.

1156 Catalogue raisonné de toutes les estampes qui forment l'œuvre d'Israël Silvestre, précédé d'une notice sur sa vie par Faucheux. — Paris, *Vve J. Renouard*, 1857. 1 vol.

703 Mémoires inédits sur la vie et les ouvrages des membres de l'Académie royale de peinture et de sculpture, publiés par Dussieux, Soulié, de Chennevières etc. — Paris, *Dumoulin*, 1854. 2 vol.

551 Manuel de l'histoire générale de l'architecture chez tous les peuples, et particulièrement en France : antiquité et moyen-âge, par Daniel Ramée. Paris, *Paulin*, 1843. 2 vol.

633 Salons de 1850-51, 1852, 1853, 1855, par Claude Vignon. Paris, *Garnier, Dentu, Fontaine*. 4 vol.

633 bis Explication des ouvrages de peinture, sculpture, architecture etc. des artistes vivants exposés au palais des Tuileries le 15 Juin 1849. — Paris, *Vinchon*, 1849. 1 vol.

1153 Les cloches du pays de Bray, avec leurs dates, leurs noms, leurs inscriptions etc., par Dergny. — Paris, *Derache*, 1863. 1 vol.

635 Manuel de l'histoire de l'Art chez les Anciens, par le comte de Clarac. — Paris, *J. Renouard et Cie*, 1847-1849. 3 vol.

672 Recherches historiques et bibliographiques sur les commencements de l'imprimerie en Lorraine et sur ses progrès jusqu'au XVIIe siècle, par Beaupré. — Nancy, *Grimblot, Vve Raybois et Cie*, 1845. 1 vol.

1061 De la librairie française, avec notices biographiques, par Werdet. — Paris, *Dentu*, 1860. 1 vol.

630 Manuel de numismatique ancienne contenant les éléments de cette science et les nomenclatures, par M. Hennin. Paris, *Merlin*, 1830. 2 vol.

506 Les ruines de Pompéi, par F. Mazois, architecte, ouv. continué par M. Gau, précédé d'une notice sur Mazois par M. le chevalier Artaud, et de l'explication de la grande mosaïque découverte à Pompéi en 1831 par M. Quatremère de Quincy. — Paris, *Firmin Didot*, 1838. 4 vol. in-folio de texte et de planches.

501 Monument de Ninive, découvert et décrit par Botta, mesuré et dessiné par Flandin ; ouv. publié par ordre du gouvernement. — Paris, *Impr. nationale*, 1849. 5 vol. in-folio, dont 1 de texte.

507 Voyage en Perse de MM. Eug. Flandin, peintre, e
Pascal Coste, architecte, attachés à l'ambassade de
France en Perse, pendant les années 1840 et 1841,
publié sous la direction de MM. Burnouf, Lebas et
Leclère. — Paris, *Gide et Baudry*. 6 vol. in-fᵒ dont
1 de texte.

710 L'orient par Eug. Flandin, attaché à l'ambassade en
Perse, pendant les années 1840 et 1841. — Paris,
Gide et Baudry, 1853. 1ᵉʳ tome et 29 livraisons du
tome II.

89 Notice sur l'Etat actuel de l'Arc d'Orange et des théâtres
antiques d'Orange et d'Arles. — Paris, *Firmin
Didot*, 1839. 1 vol.

823 Monuments antiques à Orange ; arc de triomphe et
théâtre, publiés sous les auspices du ministre d'Etat
par Aug. Caristie, architecte. — Paris, *Firmin
Didot*, 1856. 1 vol. in-fᵒ.

640 bis Voyage au Soudan oriental et dans l'Afrique septentrionale. Atlas par Pierre Trémaux. — Paris, *Borani*.
2 vol. in fᵒ.

697 bis Voyage en Turquie et en Perse exécuté par ordre du
gouvernement français en 1846-47-48 par Xavier
Hommaire de Hell, avec album de 100 pl. par Jules
Laurens. — Paris, *Bertrand*, 1859. 1 vol. in-fᵒ.

781 La Grèce tragique. Essai de compositions au trait, gravées à l'eau-forte par Antoine Etex statuaire et peintre,
sur la traduction de Léon Halévy. 1 vol.

1309 Esthétique générale et appliquée, contenant les règles
de la composition dans les arts plastiques, par David
Sutter. — Paris, *Impr. impériale*, 1855. 1 vol.

200 Etudes d'ornements d'après des fragments de sculpture
et d'architecture grecque, romaine, byzantine, mau-
resque, etc., à l'usage des Ecoles et des manufactures,
par Plantar et Jules Peyre. — Paris, *Gache*. 1 vol.

2031 Travaux d'Hercule composés par N. Poussin, pour la
décoration de la grande galerie du Louvre, gravés par
A. Gelée, d'après les dessins qui font partie du cabinet
de Gatteaux, 1850.

2032 Galerie de la reine, dite de Diane, à Fontainebleau,
peinte par Ambroise Dubois en 1600, sous le règne
de Henri IV, publiée par Gatteaux et Baltard. —
Paris, 1863. 1 vol.

2033 19 lettres illustrées sur le salon de 1865, par Martial, publiées chez Cadart et Luquet.

704 Portraits inédits d'artistes français. Texte par Ph. de Chennevières; lithog. et gravures par Fréderic Legrip. — Paris, *Vignère, Rapilly* ; 5 livraisons.

2034 Le Parthénon. Documents pour servir à une restauration; réunis et publiés par L. de Laborde avec la collaboration de M. Paccart architecte. — Paris, *Leleux*, 1848. 6 livraisons de pl. in-f°.

510 Choix de peintures de Pompéi, la plupart de sujet historique; litographiées en couleur par Roux, publiées par Raoul-Rochette. — Paris, *Impr. royale*, 1845. 1 vol. texte et planches in-f°.

Cours de dessin, fac-simile des grands maitres, sous le patronage du comte de Nieuwerkerke. Paris, *Rapilly*; gravés par Leroy. 35 planches (5 sujets).

1307 Recherches sur les ruines de Palenqué et sur les origines de la civilisation du Mexique par l'abbé Brasseur de Bourbourg, texte. — Paris, *Arthus Bertrand*, 1866. 1 vol.

2035 Les tombes celtiques de la forêt communale d'Ensisheim et du Hübelwældele par Maximilien de Ring. 2e édit. — Strasbourg, *Silbermann*, 1859. 1 vol.

825 Histoire des usages funèbres et des sculptures des peuples anciens par Ernest Feydeau. Paris, *Gide*, 1857. 1 vol.

688 Vue perspective de la réunion du Palais du Louvre et des Tuileries et plan historique des deux monuments par Visconti, gravés par Pfnor. — Paris, *Gide et Baudry*, 1853. 1 livraison in-f°.

2036 Œuvre de Marc-Antoine Raimondi, gravures reproduites par les procédés de l'héliogravure d'Edouard Baldus. Paris, *Baudry*. 10 planches.

2037 Monuments modernes de la Perse, mesurés, dessinés et décrits par Pascal Coste, architecte. — Paris, *Morel*, 1866. 1 vol.

1004 Portefeuille de l'Italie, vues dessinées d'après nature par divers artistes, et lithographiées par Eug. Cicéri. 1re et 2e série, 24 vues.

640 Exploration archéologique en Asie Mineure, comprenant les restes non connus de plus de 40 cités antiques,
publiée par P. Trémaux. — Paris, *Hachette et Cie*,
20 livraisons.

1173 L'œuvre complet de Rembrandt, décrit et commenté
par Charles Blanc. — Paris, *Gide*, 1859. 2 vol. en 3
livraisons.

1284 Grammaire des arts du dessin ; architecture, sculpture.
peinture etc., par Ch. Blanc. — Paris, *Vve Renouard*, 1867. 1 vol.

654 Explication de la danse des morts de la Chaise-Dieu,
fresque inédite du XVe siècle, par Achille Jubinal. —
Paris, *Challamel*, 1841. 1 vol.

1022 Voyage de l'empereur en Normandie et en Bretagne ;
texte par Davons, dessins de Janet-Lange, Bertrand,
gravés par Lacoste, madame de Caudin. 2e édition. —
Paris, août 1858. 1 vol.

1025 Souvenir d'une promenade à Versailles. — Paris, *au
bureau des Galeries historiques de Versailles*. 1 vol.

629 Touriste pyrénéen, ou choix de dessins sur les Pyré-
nées, dessinés et lithographiés par E. Paris. 1 vol.

2038 Le château d'Eu, illustré depuis son origine en 912
jusqu'au voyage de S. M. Victoria, reine d'Angleterre,
par Skelton, avec texte par Vatout. — Paris, *Goupil et
Vibert*, 1846. liv. VI.

1034 Voyage de L. M. Impériales, dans le S. E. de la France,
en Corse et en Algérie, 1860 ; dessiné et gravé par
Steyert, Rahoult, Letuaire, Crapelet, etc., d'après les
notes de Aug. Marc. 1 vol.

592 Le socialisme, nouvelle danse des morts, composée et
dessinée par Rethel, lithog. par Collette. — Paris,
Goupil, Vibert et Cie. 1 vol.

780 Le Laurentin, maison de campagne de Pline le Consul,
restitué d'après sa lettre à Gallus, gravé et publié par
J. Bouchet, architecte. — Paris, 1852. 1 vol.

827 Les fontaines publiques de la ville de Dijon, par Henry
Darcy. Atlas. — Paris, *Victor Dalmont*, 1856. 1 vol.

822 Cours progressif de paysage composé et dessiné par
divers artistes et Eug. Cicéri, lithog. par Cicéri. 1 vol.

34 Traité de construction en poteries et fer, à l'usage des bâtiments civils, industriels et militaires, par Eck. architecte, avec planches. — Paris, *Blosse,* 1836. 1 vol.

34 bis Traité de l'application du fer, de la fonte et de la tôle dans les constructions civiles, industrielles et militaires, par Eck, avec planches. — Paris, *Carillan-Gœury et Victor Dalmont,* 1841. 1 vol.

116 Traité de la fabrication de la fonte et du fer, envisagée sous les trois rapports, chimique, mécanique et commercial, par Flachat, Barrault et Pétiet, ingénieurs ; atlas (pl. 65 à 92). — Paris, *L. Mathias,* 1846. 1 vol.

2039 Nouveaux tableaux de lecture musicale et de chant élémentaire par B. Wilhelm. — Paris, *Hachette.*

637 Œuvres de Ingres, membre de l'Institut ; grav. au trait sur acier par Réveil. — Paris, *Firmin Didot,* 1851. 1 vol.

502 Illustrations de Verther, par Tony Johannot ; collection de dix eaux-fortes. — Paris, *Goupil et Vibert.* 1 vol.

115 Traité de la science du dessin, pour faire suite à la géométrie descriptive, par Vallée ; 2° édition. — Paris, 1838. 2 vol. dont 1 atlas de 56 planches.

626 Cours élémentaire de dessin appliqué à l'architecture, à la sculpture et à la peinture, par Etex. — Paris, *Gustave André,* 1 vol.

2040 Le peintre Louis David (1748-1825). Souvenirs et documents inédits, par Jules David, son petit-fils. — Paris, *Victor Havard,* 1880. 1 vol.

1023 Nouvelle théorie simplifiée de la perspective, par David Sutter. Paris, *Tardieu,* 1859. 1 vol.

1166 Notice d'un recueil de crayons, enrichi par le roi François Ier de vers et de devises inédites, par Rouard. — Paris, *Aubry,* 1863. 1 vol.

1007 Etudes d'architecture chrétienne, par Garnaud. 2 livraisons.

1215 Etablissement d'une distribution d'eau (ville de Valenciennes) par l'Ingénieur Masquelez. — Valenciennes, *Prignet,* 1865. 1 vol.

MANUSCRITS

L'art de construire et réparer promptement tous les chemins publics de France, avec économie et peu de frais, divisé en deux parties etc., par Garsay de Dambois, ingénieur. — 5 volumes.

De la ville de St-Claude, par son ancien administrateur, M. Crestin. — 1 volume.

Recueil des lettres, mémoires, actes d'administration de M. Crestin, maire de St-Claude (1807-1814). — 1 volume.

Homélie sur les Evangiles. — 1 volume.

Philosophie ancienne. — 1 volume.

L'Enéide de Virgile. — 1 volume.

Barlaam, patriarche de Constantinople. 1 vol.

La Somme de St-Thomas. — 1 volume.

Priscien. — 1 volume.

Anciens Moines. — 1 volume.

Sexte de Grégoire XIII. — 1 volume.

Canons des Conciles. — 1 volume.

Cérémonies des offices de l'Eglise. — 1 volume.

Traité de théologie du commencement du XVe siècle. — 1 volume.

Autre traité de théologie. — 1 volume.

    id.   1 volume.

    id.   1 volume.

    id.   1 volume.

TABLE ALPHABÉTIQUE

Par noms d'auteurs